Índice

Past Tense Version

To read this story in present tense, please turn the book over and read from back cover.

Capítulo 1:
Cancún

– ¡Mira el resort! –exclamó Brandon–. ¡Es muy grande!

– Oooooh –le respondió su hermana, Katie, emocionada–, hay muchas actividades. Mira Brandon, ¡hay windsurf!

Brandon estaba contento. Para Brandon, las vacaciones eran excelentes, pero las vacaciones en Cancún, México ¡eran increíbles! El resort PALACIO CANCÚN estaba situado en la playa y Brandon quería pasar las vacaciones en la playa.

– ¡Mañana quiero ir a la playa. Quiero practicar el windsurf, nadar[1] en el océano y comer en el bufet!

La mamá de Brandon respondió:

– Sí, Brandon, hay muchas actividades en el resort, pero no es posible hacerlas mañana. Mañana vamos a hacer un tour.

Brandon no quería hacer un tour. ¡Brandon quería participar en las actividades del resort con los otros chicos!

– ¡¿Un tour?! ¡Bla! –le respondió Brandon irritado.

La familia entró en su habitación[2]. Era una habitación grande con dos dormitorios. Un dormitorio era para los padres y el otro era para Brandon y Katie. En el dormitorio de Brandon y Katie había un televisor enorme. Brandon quería ver televisión.

[1]*nadar - to swim, (swimming)*

[2]*habitación - (hotel) room, bedroom*

Los padres de Brandon se fueron a su dormitorio y Brandon fue directamente al control remoto. En la televisión había muchas películas[3]. ¡Había películas en español, francés, inglés y chino! Brandon dijo:

– ¡Katie! ¡Vamos a ver 'The Avengers'!

Katie miró la guía de televisión y le respondió irritada:

– ¡No, Brandon! ¡Quiero ver 'Princess Diaries'!

– ¡Voy a ver películas toda la noche! –exclamó Brandon–. Vamos a ver 'The Avengers' y después[4] tu película de chicas.

La mamá de Brandon entró en el dormitorio de los chicos y les dijo:

– No van a ver ni una película. Ya son las 9 de la noche y ¡ustedes necesitan dormir! Mañana vamos a hacer un tour a Chichén Itzá. ¡Vamos a irnos a las 7:00 de la mañana!

[3]*películas - films, movies*

[4]*después - after*

– ¡Ay, mamá! –exclamó Brandon–. Queremos ver sólo una película.

– No quiero hablar más de películas, Brandon. Nada de películas. ¡A dormir! ¡Buenas noches! –le dijo su mamá irritada y se fue a su dormitorio.

Brandon miró a Katie y le dijo:

– Los tours son para adultos. Son horribles. ¡Son aburridos!

Katie no respondió. Ya dormía.

Brandon fue a la puerta[5] del dormitiorio de sus padres. Estaban hablando. Cinco minutos después, Brandon observó que sus padres ya no hablaban. Sus padres ya estaban durmiendo.

Brandon miró el televisor. Quería ver películas. Brandon pensó: *«No importa si sólo miro UNA película»*. Brandon vio 'The Avengers'... 'Ironman'... 'Batman'...y 'Harry Potter'...Al final de 'Harry Potter', vio que ya eran las 5:00 de la mañana. *«¡Oh*

[5]*puerta - door*

no!», pensó Brandon. *«¡Solo hay una hora para dormir!»*. Y se durmió.

Capítulo 2:

Consecuencias

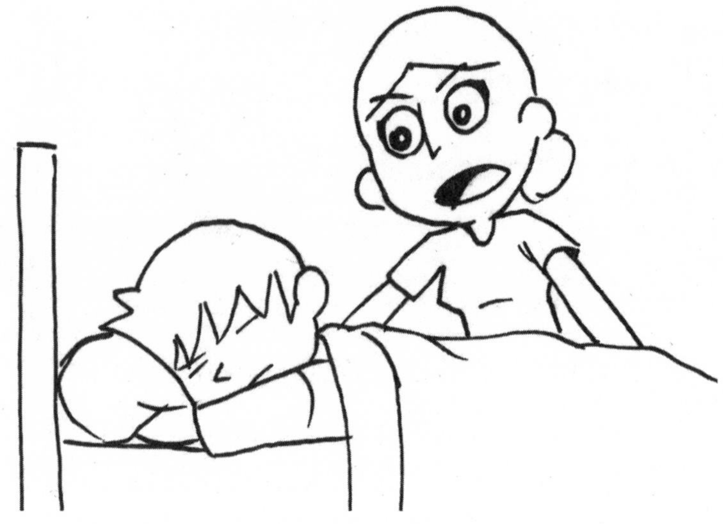

A las 6:00 de la mañana, la mamá de Brandon entró en el dormitorio. Ella dijo:

– Katie…Brandon…ya son las 6:00. Despiértense.

Katie se despertó y le respondió:

– ¡Buenos días mamá!

Brandon no se despertó y su mamá repitió:

– Brandon, despiértate. Ya son las 6:00.

Brandon estaba bien dormido. No se despertó. Su mamá le tocó el brazo[1] pero no se despertó. Le tocó la cabeza pero no se despertó.

– ¡Brandon! ¡Ya! – le dijo su mamá.

Finalmente su mamá gritó:

– ¡Braaaaaaandooooon!

Brandon se despertó y no estaba contento.

– ¿Qué? –le respondió Brandon, irritado.

– Vamos a hacer el tour. El autobús llega a las 7:00 –le respondió su mamá impaciente.

– Sólo 10 minutos más, mamá –respondió Brandon.

– No. Vamos a comer en el restaurante y después vamos a subirnos al autobús.

– No quiero comer. No tengo hambre –le

[1]*brazo - arm*

dijo Brandon–. Estoy cansado.

–Ya. ¡Vamos, Brandon! –insistió su mamá, irritada.

Brandon no estaba nada contento. Muy cansado, Brandon fue al baño. Pensó: *«¡Ver 4 películas fue una mala decisión! Mi mamá tenía razón*[2]. *Fue una idea muy mala»*.

***

A las 7:00 de la mañana, el autobús llegó y la familia se subió. Brandon estaba muy cansado y se durmió en el autobús. A las 9:00, el autobús llegó a unas ruinas mayas. Las ruinas se llamaban Ek' Balam.

Brandon no quería bajarse del autobús, pero su mamá insistió. En Ek' Balam había una pirámide grande. La familia subió a la pirámide. A Brandon no le gustó. Él estaba cansado y tenía dolor de cabeza.

– Mamaaaaaaaá. No quiero subir a la pirá-

[2]*tenía razón - she was right*

mide. No me gusta. Estoy cansado. Tengo dolor de cabeza –dijo Brandon.

Su mamá no quería escuchar a Brandon. Miraba la pirámide y estaba muy entusiasmada.

– Brandon, sólo necesitas agua. Vamos.

Brandon fue con su mamá pero no estaba contento. Estaba súper cansado. Brandon miró a Katie. Ella no estaba cansada. Estaba subiendo a la pirámide rápidamente con su papá. Cuando Brandon finalmente llegó a la pirámide Katie estaba en la pirámide sacando fotos.

–¡Braaaaaaaaaaandon! –le llamó Katie–. Súbete.

– Uuuuuf. –respondió Brandon, frustrado.

Brandon no quería subir a la pirámide. Estaba cansado y tenía un gran dolor de cabeza.

Brandon y su mamá subieron a la pirámide y miraron todo. El papá llamó la atención de Brandon.

– ¡Braaaaaaaandon! ¡Quiero sacarte una foto!

Brandon se tocó la cabeza y le respondió:

– Papaaaá, no quiero una foto. Quiero bajar de la pirámide y subirme al autobús. Quiero dormir. Me duele la cabeza.

– Brandon, ¡no! Vamos a bajar en pocos minutos –le respondió su papá.

Brandon no estaba contento. No quería una foto, así que su papá le sacó una foto a Katie frente a la figura de un jaguar. La familia escuchaba con fascinación al guía que estaba explicando que el jaguar era un símbolo muy importante para los mayas. Pero Brandon no escuchaba al guía. Tenía un gran dolor de cabeza. Haber visto[4] películas toda la noche fue una decisión terrible.

Después de una hora, la familia se subió al autobús. Rápidamente Brandon se durmió. A los pocos minutos Brandon estaba bien dormido.

[4]*haber visto - having watched*

Capítulo 3:
El hombre malo

Brandon se despertó y vio que el autobús estaba enfrente de un mercado que se llamaba Mercado San Gabriel. Todos se bajaron del autobús. La mamá de Brandon estaba mirando todas las artesanías en el mercado. Había mucha cerámica, ponchos, figuras de animales y mucho más. Katie estaba sacando fotos en el mercado, y su papá estaba mirando unos sombreros enormes.

– Mira, Brandon –le dijo su papá–. ¿Te gusta mi sombrero?

– No, papá. Es un poco ridículo –respondió Brandon.

– ¿Qué te pasa, mijo? ¿No te gusta el tour?

– Papá, es que tengo dolor de cabeza y estoy cansado. Quiero subirme al autobús. Sólo quiero dormir un poco. ¿Está bien, papá?

– Sí, mijo –respondió su papá–, súbete al autobús y duérmete. Después del mercado vamos directamente a Chichén Itzá.

Cansado, Brandon se fue al autobús. El chofer no estaba en el autobús pero la puerta estaba abierta[1]. Brandon se subió e intentó dormir. Estaba a punto de dormirse cuando un hombre se

[1]*abierta - open (adj.)*

subió al autobús.

El hombre estaba hablando por teléfono. Era obvio que el hombre no había visto[2] a Brandon. Hablaba con un tono hostil[3]: *«Sí. Había tres, pero uno se escapó»*. Brandon escuchaba atentamente. *«Exterminé a tres y busco al otro...Cálmese. Cuando tenga la oportunidad, voy a exterminar al otro también»*. Brandon escuchaba al hombre y estaba un poco nervioso. Se preguntaba: *«¿De qué...o de quién habla el hombre?»*. Se imaginaba que el hombre era un criminal...igual a los criminales de las películas. Brandon pensaba en las películas y en el hombre malo y realmente tenía miedo[4].

Rápidamente, el hombre se bajó del autobús y Brandon se durmió. Durmió como un bebé. No escuchó a los turistas subiéndose al autobús ni el motor del autobús.

*****

[2]*no había visto - he had not seen*

[3]*hostil - hostile (angry, hateful)*

[4]*tenía miedo - was afraid (had fear)*

Cuando Brandon se despertó, el autobús no estaba enfrente del mercado. Los turistas no estaban en el autobús. Brandon estaba solo y caminó hacia el chofer del autobús.

Brandon vio que el chofer estaba comiendo un sándwich. Brandon vio el sándwich y pensó: *«¡Tengo hambre!»*. Ya no estaba cansado y no tenía dolor de cabeza pero tenía mucha hambre.

– ¡Por fin te despiertas! –le dijo el chofer.

– Sí –respondió Brandon–. ¿Dónde están todos? ¿Dónde estamos?

– Estamos en Valladolid. Todo el grupo está comiendo en ese restaurante enfrente. El restaurante se llama El Mesón del Marqués. ¿Lo ves?

– Sí –respondió Brandon un poco nervioso.

Brandon se bajó del autobús y caminó hacia el restaurante. Caminó por el restaurante y buscó pero no vio a su familia. Vio a muchos turistas americanos pero no vio a su familia.

Brandon entró en el baño y buscó a su papá. Su papá no estaba en el baño así que Brandon continuó buscando a su familia en el restaurante. Estaba nervioso. *«¿Dónde están?»,* se preguntaba.

En ese momento una persona le tocó el brazo a Brandon. *«¡Ay!»,* exclamó Brandon lleno[5] de miedo. *«Hola»,* le respondió la persona. Brandon miró a la persona y notó que era la mamá de una familia que estaba comiendo en el restaurante. En la familia había una mamá, un papá y un chico.

– ¿Estás bien? –le preguntó la mamá de la familia.

– Sí, estoy bien. Sólo busco a mi familia. Es

[5]*lleno - full*

probable que ya estén en el autobús –respondió Brandon–. Voy a buscarlos en el autobús.

Brandon caminó hacia el autobús y se subió. Otros turistas también se subieron al autobús pero la familia de Brandon no. Brandon observaba a los turistas subirse al autobús y estaba nervioso. No vio a su familia. Continuó observando a los turistas subirse al autobús, buscando a su familia nerviosamente. Pensó en el hombre malo y se preguntó: *«¿Es el hombre un criminal violento? ¿Exterminó a tres personas? ¿Exterminó... a mi familia?»*.

Después de unos minutos, Brandon vio a la familia del restaurante y al ver a la familia, se calmó un poco. Pensó: *«La mamá de esa familia es buena persona»*. Por fin, todos los turistas se subieron al autobús... todos...menos la familia de Brandon.

Capítulo 4:
Un amigo para Brandon

Brandon miraba por el autobús nerviosamente y se preguntaba: «*¿Dónde está mi familia? ¿Por qué no están en el autobús?*». Brandon ya no estaba cansado, ¡estaba nervioso! Ya no quería dormir, ¡quería ver a su familia! Vio a la familia del restaurante y se preguntó: «*¿Será buena idea explicar la situación a la mamá de la familia?*». Brandon no quería admitir que estaba separado de su familia.

Brandon necesitaba ir al baño. Había un baño en el autobús. Brandon caminó al baño. Había una persona en el baño. La puerta decía «OCUPADO». Después de unos minutos, un hombre salió del baño. ¡Era el hombre malo que Brandon había escuchado[1] hablando por teléfono!

El hombre miró a Brandon con una expresión hostil. No habló, sólo miró a Brandon atentamente. Brandon le tuvo miedo al hombre y rápidamente entró en el baño para escaparse de él.

Brandon tenía miedo. No quería salir del baño,

[1]*había escuchado - had listened to*

pero escuchó «toc toc» en la puerta. *«¡Ay! ¿Quién es?»*, se preguntó Brandon. *«¿Es el hombre malo?»*. Lleno de miedo, Brandon salió del baño. No vio al hombre malo, vio al chico de la familia del restaurante. El chico entró en el baño y Brandon buscó al hombre malo. Brandon no lo vio y se calmó un poco.

Después de dos minutos, el chico salió del baño. El chico notó que Brandon estaba solo y caminó hacia él.

– Hola –le dijo el chico a Brandon.

– Hola. ¿Qué tal? –le respondió Brandon.

– Estoy aburrido –le respondió el chico–. Quiero llegar a Chichén Itzá. ¡Vámonos ya!

– ¿Vamos a Chichén Itzá? –le preguntó Brandon sorprendido–. Mi familia va a Chichén Itzá también.

– ¿Dónde está tu familia?

Brandon no quería admitir que estaba separado de su familia y respondió con total naturalidad:

– Están en otro autobús.

Los dos chicos hablaron y después de unos minutos, el autobús llegó a su destino.

– Por fin llegamos –comentó Brandon.

– Sí –respondió el chico–. ¡Vamos a explorar!

Brandon se bajó del autobús con el chico. El chico se llamaba Justin y tenía 12 años también. Justin no tenía hermanos. Estaba aburrido con sus padres y con el tour.

– Mamá, voy a caminar con Brandon, ¿está bien?

Su mamá miró a Brandon y le respondió:

– Está bien.

En ese momento, Brandon ya no estaba nervioso. Le gustaba la idea de caminar con Justin.

– No me gusta este tour. Es aburrido. –dijo Justin.

– Sí. Es aburrido –le respondió Brandon.

– Vamos a convertir este tour aburrido en una aventura excelente.

– Una aventura...está bien –le respondió Brandon con entusiasmo.

A Brandon le gustaba la idea de una aventura. Con Justin, Brandon tenía una buena distracción de su problema. Los dos chicos estaban solos e independientes y se fueron para tener una aventura... pero el hombre malo estaba observando y escuchando todo...

Capítulo 5:

Chicos aventureros

Brandon y Justin caminaban y miraban todo. Justin miró un mapa y comentó:

– Hay un convento[1], un centro cultural y unas ruinas. ¡Aburrido!

– Todo es de color amarillo. ¡Qué raro! –comentó Brandon curioso.

El mapa de Justin explicaba que en el año 1993

[1] *convento - convent: a community or building where nuns live*

El Papa Juan Pablo II había visitado[2] Itzmal, y en honor de su visita, habían pintado[3] todo de color amarillo. A Brandon no le impresionó. A él no le gustaba el color amarillo y exclamó:

– ¡Chichén Itzá es raro!

– Ja, ja, ja. No estamos en Chichén Itzá. Estamos en Itzmal. Vamos a Chichén Itzá después –dijo Justin.

En ese momento, Brandon vio al hombre malo del autobús. El hombre estaba observando a los dos chicos. Brandon le dijo a Justin:

– Mira a ese hombre. Es muy raro. Es malo. Nos está observando. No me gusta. ¡Vamos a dónde él no esté!

Los chicos caminaron hacia el convento. El convento era de color amarillo como todo en Itzmal.

Los chicos entraron en el convento. Brandon estaba contento porque ya no veía al hombre malo.

[2]*El Papa Juan Pablo II había visitado - Pope John Paul had visited*

[3]*habían pintado - they had painted*

Entraron en una parte del convento que era muy silenciosa.

– ¿Silencio? –dijo Brandon curioso–. ¿Por qué dice «silencio»?

Justin no le respondió. Sólo hizo ruidos. Hizo ruidos como un elefante e hizo ruidos como un burro.

Un hombre miró a los chicos pero no les dijo nada. Para Brandon, los ruidos eran muy cómicos, así que Brandon decidió hacer ruidos también. Hizo ruidos como un gorila. El hombre miró a Brandon atentamente y le dijo con voz irritada: «*¡Shhhhhhhh! ¡Silencio!*». Brandon no quería problemas, así que le dijo a Justin nerviosamente:

– Shhhh...Justin...vámonos.

– Sí, el convento es muy aburrido. Quiero salir –le respondió Justin.

Cuando los dos chicos salieron, miraron el mapa de Justin. Decidieron visitar el centro cultural. Caminaron un poco y llegaron al centro cultural. Era de color amarillo también.

El centro cultural era interesante y los chicos lo exploraron. Justin vio unas máscaras[4] decorativas. Las máscaras eran muy cómicas. A Brandon le gustaron. Justin caminó hacia las máscaras y las tocó. *«¡Son raras!»*, exclamó Justin.

Brandon se sorprendió cuando Justin agarró una de las máscaras. Se la puso en la cara e hizo ruidos. *«¡Ponte una máscara!»*, le dijo Justin entusiasmado.

Brandon no quería ponerse la máscara en la cara. No quería problemas. ¡El centro cultural no

[4]*máscara - mask. (masc-cara: 'masc' = mask; 'cara' = face)*

permitía que los chicos tocaran las máscaras! Pero Justin quiso convencerlo de ponerse la máscara... y Brandon quiso impresionar a Justin. Así que Brandon agarró una máscara y se la puso en la cara. Justin lo miró y le dijo:

– ¡Ja, ja, ja! ¡Tu máscara es muy cómica!

Justin tuvo otra idea. Vio a un grupo de chicos en un tour y le dijo a Brandon:

– Mira, Brandon. ¿Ves a esos chicos? Tengo una muy buena idea.

Nervioso, Brandon le respondió:

– No es buena i…

Pero Justin ignoró a Brandon y caminó hacia los chicos con la máscara en la cara. Justin hizo un ruido terrible: «*¡Ahhhhhhhh!*».

Unos chicos gritaron «*Ay ay ay*»

y otros lloraron de miedo. *«¿Qué pasa?»,* gritó una voz irritada.

Rápidamente, Justin y Brandon salieron del centro cultural, pero cuando salían, estuvieron…cara a cara con el hombre malo.

El hombre malo no estaba nada contento e intentó agarrar a Brandon. ¡Brandon tuvo miedo! *«¡Vámonos!»,* le gritó Justin, agarrando el brazo a Brandon.

Llenos de miedo, los dos chicos se escaparon del hombre malo. Fueron rápidamente hacia el autobús y se subieron. Después de pocos minutos, el autobús salió para Chichén Itzá.

Capítulo 6:

Mala Influencia

El autobús pasaba por una jungla inmensa. Brandon miraba la jungla y estaba muy contento ya que el autobús iba a ir a Chichén Itzá. Por fin, iba a ver a sus padres. Le gustaban las aventuras con Justin, pero ya quería estar con su familia. Quería ir al resort. Estaba un poco cansado de las aventuras.

Brandon y Justin hablaban y miraban un mapa de Yucatán. Vieron Chichén Itzá en el mapa. En ese momento, ocurrió un problema con el motor del autobús.

El chofer anunció: *«Hay un problema con el autobús, pero voy a llamar al mecánico para repararlo»*.

Un mecánico llegó para reparar el autobús y los turistas se bajaron

y entraron en un restaurante. Pero Justin no quiso entrar en el restaurante. *«¡Vamos a explorar!»*, le dijo a Brandon y los dos se fueron a explorar el área.

Los chicos vieron a un grupo de hombres en el patio de una cantina[1]. Estaban viendo[2] fútbol en la televisión. Los hombres gritaron entusiasmados: *«¡Goooooooollll!»*. Justin imitó a los hombres y

[1]*cantina - bar or restaurant*

[2]*estaban viendo - they were seeing (watching)*

gritó: *«¡Gooooooooollll!»*.

Brandon pensó que Justin era muy cómico y decidió imitarlos también. Él gritó: *«¡Gooooooooollll!»*. Los hombres los miraron y gritaron: *«¡Delincuentes! ¡Salgan!»*. Un hombre caminó rápidamente hacia los chicos y ¡Brandon tuvo miedo! Los dos chicos salieron rápidamente y entraron en la jungla para escaparse del hombre.

Caminaron por la jungla unos minutos. Había mucha vegetación y había un letrero: **«Cenote[3] Taak Xiipal - Prohibido Nadar»**. No había ni una

[3]*cenote - A water-filled limestone sinkhole*

persona en el cenote.

–Vamos a nadar –exclamó Justin.

– Pero el letrero dice «¡Prohibido nadar!». No es buena i…

Justin ignoró a Brandon y entró en agua. A Justin le gustaba el agua. Le gritó a Brandon:

– ¡El agua está buenísima! ¡No tengas miedo! ¡Te va a gustar!

Brandon tenía calor y decidió nadar… «Splash» A Brandon le gustaba el agua. Los dos chicos lo estaban pasando muy bien en el agua. Gritaban y nadaban. Hacían mucho ruido. Brandon estaba muy contento. Nadar era una buena distracción a sus problemas.

Después de nadar unos minutos, Brandon ya no estaba contento. ¡Tenía miedo! Tenía mucho miedo porque…¡vio un cocodrilo en el cenote! Brandon gritó y aterrorizado, nadó rápidamente para escaparse del cocodrilo. No quería que el cocodrilo lo viera ni que se lo comiera[4].

Justin no lo vio y le preguntó confundido:

– Brandon, ¿Qué pasa?

– ¡Un cocodrilo! ¡Hay un cocodrilo en el agua!

Justin no veía al cocodrilo y le respondió:

– Ja, ja, ja. Brandon, tú eres muy cómico.

– En serio, ¡hay un cocodrilo! –gritó Brandon lleno de pánico.

El cocodrilo nadaba rápidamente hacia los dos chicos. Los dos miraron el cocodrilo y gritaron: *«¡Ay,*

[4]No quería que el cocodrilo lo viera ni que se lo comiera. - He didn't want that the crocodile see him nor that he eat him.

ay, ay!». Llenos de pánico, salieron del agua y... estuvieron...cara a cara con el hombre malo. El hombre estaba furioso y les gritó:

> – ¡¿Qué hacen, delincuentes?! ¡Hay cocodrilos en el cenote! ¡Está prohibido nadar aquí!

Los dos chicos tenían miedo. Tenían miedo del cocodrilo, ¡pero tenían más miedo del hombre malo! *«¡Vámonos!»,* gritó Justin. Llenos de miedo, se fueron rápidamente hacia el autobús. «¡Delincuentes!», gritó el hombre con un tono hostil.

Brandon y Justin llegaron al autobús y se subieron rápidamente. Vieron que todos los turistas ya estaban en el autobús. En ese momento, el hombre malo se subió y miró a Brandon. Con un tono muy hostil, le dijo al chofer: *«¡Vámonos!»*. Por fin, el autobús salió para Chichén Itzá y Brandon, que tenía una gran imaginación, pensó: *«¿El hombre malo realmente quiere exterminarme? ¿Hablaba de mi familia? ¿Los exterminó?»*.

Capítulo 7:
Chichén Itzá

El autobús continuó hacia Chichén y el hombre malo continuó mirando a Brandon y Justin. Brandon estaba nervioso.

– ¿Por qué nos está mirando ese hombre? No me gusta –dijo Brandon nervioso.

– Sí, él es muy raro –respondió Justin.

Por fin, el autobús llegó a Chichén Itzá. Todos los turistas se bajaron del autobús y se organizaron en un grupo. *«¿Qué hacemos?»*, se preguntó Brandon impaciente. *«Quiero buscar a mi familia»*. Un hombre le habló al grupo:

– Soy su guía para el tour de Chichén Itzá.

– ¡¿Otro tour?! –exclamó Brandon irritado.

– ¡Ay, no! –dijo Justin.

El hombre malo miró a Brandon y a Justin, así que Brandon no habló más. Le tenía miedo a ese hombre. Era obvio que al hombre malo no le gustaba Brandon. El guía continuó hablando: *«Chichén Itzá es una zona arqueológica, es una de las ruinas más importantes de los Mayas en México»*. Con un tono muy serio y con voz autoritaria, el guía explicó las reglas[1] del parque: *«Es importante seguir las reglas para conservar las ruinas: Está prohibido subir a El Castillo, caminar en la jungla y tocar las piezas arqueológicas. Hay consecuencias severas para las personas que no respeten las reglas».*

El hombre malo observó a Brandon y a Justin. Era obvio que ellos no estaban escuchando al guía y lo más importante, ¡no estaban escuchando las reglas! Irritado, el hombre malo miró a los dos chicos.

– Mira al hombre malo. Pienso que él quiere exterminarme –dijo Brandon, nervioso.

– Ja ja ja. Eres muy cómico –le respondió Justin–. ¡Qué aburrido! ¡Vamos a explorar las ruinas!

Justin salió del grupo para explorar las ruinas y Brandon lo siguió. Pero Brandon no salió para explorar las ruinas, salió ¡para escaparse del hombre malo!

Caminaron un poco y no observaron que el

[1] *reglas - rules*

hombre malo estaba siguiéndolos. Caminaron hacia la entrada del parque y pasaron por muchos vendedores de artesanías. Vieron un letrero que decía: **«Bienvenidos[2] a Chichén Itzá. Gracias por respetar las reglas».** Entraron en el parque y vieron las ruinas.

–Vamos al observatorio –exclamó Justin.

Justin caminó hacia el observatorio y Brandon lo siguió. Vieron un letrero que decía: **«El Caracol/The Snail».**

– Mira, el observatorio se llama El Caracol. ¡Vamos a subirlo! –exclamó Justin.

[2]*bienvenidos - welcome*

Los dos chicos subieron a El Caracol. Vieron la jungla y muchas ruinas y... también vieron al hombre malo. El hombre malo estaba caminando hacia El Caracol. ¡El hombre malo los seguía!

– Mira, Justin –dijo Brandon–. El hombre malo nos sigue. Vamos a la jungla para escaparnos de él.

Justin y Brandon bajaron y caminaron rápidamente hacia la jungla. ¡Querían escaparse del hombre raro! En la jungla, ellos no vieron al hombre y se calmaron. Exploraron la jungla y vieron muchas plantas interesantes. Justin vio unas rocas interesantes.

– Brandon, mira estas rocas interesantes. Tienen diseños.

– No son rocas. Son piezas de cerámica –respondió Brandon.

– ¡Agarrémoslas![3] Somos arqueólogos. ¡Ja, ja, ja! –le dijo Justin con voz cómica.

Los chicos agarraron muchas de las piezas. Las miraron y estaban muy impresionados. Ellos continuaron por la jungla y a los pocos minutos, llegaron a otra parte de Chichén Itzá. Había más ruinas en esa parte y más turistas también. Ellos salieron de la jungla con las piezas en la mano. No vieron que el hombre malo estaba observándolos...

[3]*agarrémoslas - let's grab them; let's pick them up*

Capítulo 8:
Delincuentes

Brandon y Justin salieron de la jungla y vieron un templo grande. Se llamaba El Templo de los Guerreros. Había un grupo de columnas que eran muy interesantes. Los dos chicos caminaron hacia el templo.

– ¡Mira el templo! Las columnas son muy interesantes –exclamó Justin fascinado–. Vamos a subirlo.

Justin caminó hacia el templo y subió rápidamente. Brandon siguió a Justin, pero realmente no quería subir al templo, ¡quería buscar a sus padres! En la parte más alta del templo había una estatua. La estatua era una figura de un hombre reclinado. El hombre tenía un tazón[1] en las manos.

Cuando Justin vio la estatua, dijo:

– ¡Esta estatua es famosa! Se llama Chac Mool. Tiene un tazón en las manos porque ¡quiere un sacrificio! ¿Quieres poner un sacrificio en el tazón? –le preguntó Justin con voz muy cómica.

Brandon no quiso poner un sacrificio en el tazón de Chac Mool, ¡quería buscar a sus padres! ¿Y de qué hablaba Justin? ¿Justin quería sacrificar a un animal? ¡Qué raro!

– Mira, Brandon –dijo Justin tirando una

[1]*tazón - bowl*

pieza hacia el tazón de Chac Mool.

La pieza no llegó al tazón y Justin tiró otra. Brandon miró a Justin. Brandon pensó que era mala idea tirar piezas arqueológicas a la estatua.

– Voy a bajar –le dijo Brandon un poco cansado–. Voy a buscar a mis padres.

– Está bien –le respondió Justin tirando otra pieza.

Los dos chicos bajaron del templo y caminaron hacia el centro de las ruinas. En la distancia, vieron una pirámide enorme. Se llamaba El Castillo.

– ¡Uau! –exclamó Justin–. ¡Vamos a subir a la pirámide grande!

– No, Justin –le respondió Brandon un poco irritado–. Necesito buscar a mi familia.

– Vamos a subir y buscar a tus padres desde la parte más alta. ¡Es una idea excelente!

Brandon realmente no quería subir a la pirámide. ¡Era muy alta y Brandon tenía miedo! Justin caminó hacia la pirámide y subió rápidamente. Brandon decidió que era una buena manera de buscar a sus padres y siguió a Justin. No vio el letrero que decía: **«Prohibido subir»**.

Los dos chicos subieron a la pirámide. Justin subió rápidamente, pero Brandon no. ¡Tenía miedo!

Muchos turistas observaron a los chicos subiendo a la pirámide, pero los chicos no lo notaron. Continuaron subiendo y llegaron a la parte más alta de la pirámide. Miraron que los turistas abajo se veían como insectos. La pirámide era muy alta y ¡a Brandon no le gustaba! ¡Tenía miedo!, pero Justin no. Justin estaba muy contento y gritaba: «¡Yupi!». Gritaba y tiraba las piezas de cerámica.

– ¡Mira, Brandon! –exclamó Justin emocionado y tiró otra pieza.

Abajo, los turistas observaban a Brandon y a Justin. Todos hablaban de los *«delincuentes que subieron a la pirámide»*. Los turistas estaban alarmados, pero los chicos no tenían ni idea. No tenían ni idea de que estaban causando una gran conmoción abajo.

Brandon buscaba a sus padres pero no los veía. Decidió bajar de la pirámide y le dijo a Justin:

– No veo a mis padres. Voy a bajar.

Justin ignoró a Brandon y continuó gritando y tirando las piezas. Brandon bajó un poco y tuvo miedo. Pensó: *«No mires abajo. No mires abajo»* y bajó un poco más. Brandon miró a Justin y miró abajo y ¡Qué miedo! Bajó más pero en ese momento, escuchó una voz familiar:

– ¡Delincuentes! Ustedes no van a salir...sin consecuencias graves.

¡Brandon tenía mucho, mucho miedo! Estaba completamente paralizado por el miedo. Ya no bajó más. ¡Estaba atrapado!

Capítulo 9

¡Arrestados!

El hombre malo le tocó el brazo a Brandon y le dijo:

– Agarra mi mano.

Brandon no quería agarrar la mano del hombre. No quería ser...¡exterminado! ¡Tenía mucho miedo! Nervioso, Brandon le agarró la mano y poco a poco bajaron de El Castillo. Justin bajó también y cuando llegaron al pie de la pirámide, estuvieron cara a cara... con dos policías. Un policía le agarró el brazo a Justin. El otro le agarró el brazo a Brandon y les dijo:

–Vamos a la jefatura de policía[1].

– ¡¿Van a arrestarnos?! –exclamó Brandon, lleno de miedo.

– Brandon, tu idea no fue buena. Subir a la pirámide no fue inteligente.

– ¡¿Mi idea?! –exclamó Brandon sorprendido–. La idea no fue la m...

– Ssshhh...–les gritó un policía–. ¡Ya no hablen más!

[1]*jefatura de policia - police headquarters*

Nerviosos, Brandon y Justin caminaron con los policías. Salieron de Chichén y caminaron hacia la jefatura de policía. Había un letrero que decía «Policía Municipal». Brandon vio el letrero y ¡tuvo mucho miedo! Pensó: *«¡Esta situación es como una escena de una película!»*.

Llegaron a una oficina. Cuando entraron, el hombre malo les dijo a los policías:

– Estos chicos son delincuentes. Causan muchos problemas.

– No somos delincuentes. ¡Él es un criminal! ¡Exterminó a tres personas! –exclamó Brandon lleno de miedo.

– Ja ja ja...¡Qué ridículo! Exterminé a tres escorpiones, no a tres personas –respondió el hombre, e irritado, salió de la oficina para buscar a los padres de los chicos.

A los pocos minutos, el hombre malo llegó con los padres de Justin. *«¡Los chicos causaron muchos problemas en mi tour! Ignoraron todas las reglas. Ignoraron las reglas del centro cultural, del cenote y de la zona arqueológica. También hicieron mucho ruido en el convento, pero lo más serio...¡subieron a las pirámides mayas! ¡Mi compañía de tours no tolera a chicos delincuentes!»*

El papá de Justin lo miró y exclamó:

– Mijo...¡¿subiste a las pirámides?!

Justin miró a su papá y le dijo:

– ¡Todo fue idea de Brandon!

Brandon estaba furioso, pero no dijo nada. En silencio, Justin y su familia caminaron hacia la puerta...Iban a abandonar a Brandon. El hombre malo miró a Brandon y le preguntó:

– ¿No vas con tu familia?

La mamá de Justin lo escuchó y estaba sorprendida.

– Oh...–le dijo ella al hombre–, él no es parte de mi familia. Sólo es un amigo.

La mamá de Justin miró a Brandon irritada y el hombre malo lo miró sorprendido. El hombre miró su lista de participantes en el tour y le preguntó a Brandon con voz autoritaria.

– ¿Cómo te llamas?

– Brandon Brown –le respondió Brandon nervioso.

– No hay una familia Brown en mi lista. ¿Dónde están tus padres?

Nervioso, Brandon lo miró, pero no respondió. Sólo pensó: «*¿El hombre malo es un representante de la compañía de tour? ¿No es un criminal? ¿No quiere exterminarme?*». En ese momento, el chofer del autobús del tour entró en la oficina y le dijo al hombre: «*Vamos. Necesitamos salir para el resort*». Justin y sus padres siguieron al hombre y todos salieron de la oficina...todos menos Brandon.

Brandon estaba solo con los policías. Estaba abandonado y completamente solo. Uno de los policías le preguntó con voz autoritaria:

– ¿Dónde están tus padres?

Brandon, que miraba muchas películas policiacas, se preguntaba nervioso: *«¿Es este un interrogatorio?»*. Brandon tenía mucho miedo. No quería un interrogatorio ni quería ir a prisión. ¡Quería ver a sus padres! En ese momento, una voz salió de la radio: *«Los padres del delincuente ya llegaron»*.

Cuando sus padres entraron en la oficina, Brandon lloró. No se controló. Lloraba como un bebé. Los policías les explicaron a sus padres que Brandon había subido[2] a El Castillo, una violación de las reglas. *«Es una ofensa muy seria»,* dijo uno de los policías. Llorando, Brandon les dijo:

– Sólo subí para buscarles. ¡Me abandonaron! Cuando me separé de Uds., tuve mucho miedo. Estaba traumatizado y abandonado. No tuve otra opción...¡Estaba desesperado!

La mamá de Brandon lloró y respondió:

– ¡Pobre[3] Brandon! Vamos al resort. Todo está bien.

[2]*había subido - had climbed*
[3]*pobre - poor*

Capítulo 10:

Sorpresas

La familia Brown pasó 7 días en total en el resort. Los chicos habían participado[1] en las actividades del resort y estaban muy contentos.

Era el día de salir del resort y los padres de Brandon miraron la cuenta. En la cuenta[2], el papá de Brandon vio `'Películas - $50,80'`. El papá

[1]*habían participado - they had participated*
[2]*cuenta - bill, invoice*

Palacio Cancun
cuenta final

fecha de llegada - 10 de marzo

fecha de salida - 16 de marzo

tarifa diaria $139 x 7 = $973

4 películas - $50,80

10 marzo: Avengers - $12,70

10 marzo: Iron Man - $12,70

10 marzo: Batman - $12,70

10 marzo: Harry Potter - $12,70

Subtotal - $1023,80

impuestos 10% = $102,38

TOTAL - $1126,18

de Brandon no estaba nada contento.

– Braaaandon –le gritó su papá–, ¡¿tú miraste 4 películas la noche que llegamos al resort?! ¡Estabas cansado durante el tour porque miraste películas toda la noche!

– Perdón papá. Lo siento[3]. Mamá tenía razón, no fue buena idea. Fue irresponsable.

[3]*lo siento - I'm sorry*

– Tienes razón, Brandon. Fuiste muy irresponsable –le respondió su papá irritado.

La familia de Brandon se preparó para salir del resort. Después de unos minutos, el servicio de transporte llegó al resort. Todos se subieron al autobús y al subirse, Brandon vio que ¡la familia de Justin ya estaba en el bus! ¡Qué coincidencia!

La mamá de Justin exclamó:

– ¡Brandon! ¡Qué fantástico que estés con tu familia!

Ella miró a la mamá de Brandon y continuó:

– Perdón. Siento los problemas que causaron los chicos en el tour. Fue mala decisión permitir a Justin caminar con Brandon. Los dos causaron muchos problemas en el tour. ¡Causaron problemas por todo Yucatán! Ji, ji, ji.

– ¡¿Problemas...por todo Yucatán?! –exclamó la mamá de Brandon sorprendida–. Brandon no mencionó muchos problemas. ¿Qué otros problemas?

La mamá de Justin tenía un papel en la mano. Era un reporte del director del tour, del hombre malo. Los padres de Brandon miraron el reporte y...

Yucatán Tours

Boulevard Kukulcán Km 14, Cancún 77500, México

Les informo que su familia tiene prohibido hacer tours con la compañía "Yucatán Tours" en el futuro. Su hijo Justin y su amigo Brandon no tuvieron supervisión adecuada y causaron muchos problemas:

- Hicieron ruidos de animales en el convento de Itzmal.
- Tocaron las máscaras en el centro cultural.
- Se separaron del grupo cuando reparaban el autobús.
- Nadaron en el cenote "Taak Xiipal" donde se prohíbe nadar.
- Tomaron piezas arqueológicas en la jungla en Chichén Itzá.
- No respetaron la estatua de Chac Mool.
- Subieron a la pirámide "El Castillo" en Chichén Itzá, causando una gran conmoción.

Así que no se les permite ser parte de los tours de mi compañía en el futuro.

Atentamente,

Señor Joel Plácido Díaz
Director de actividades, Yucatán Tours

...gritaron furiosos: «*¡Braaaaandon!*».

Glosario

a - to
abajo - below
abierta - open
aburrido - bored; boring
adónde - to where
agarra - grab *(command)*
agarrando - grabbing
agarrar - to grab
agarrémoslas - let's grab them *(command)*
agarró - s/he grabbed
agua - water
al - to the
alta - tall; high
amarillo - yellow
amigo - friend
año - year
artesanías - handicrafts; arts and crafts
así que - so
bajó - s/he went down;
(se) bajó - s/he got out/off of (a vehicle)
bajaron - they got down
(se) bajaron - they got out/off of a vehicle
bajar - to go down
bajarse - to get out/off of (a vehicle)
bajen - get down *(pl. command)*
baño - bathroom
bien - well
bienvenidos - welcome
brazo - arm
buena(s) - good
buenísima - really good
bueno(s) - good
buscaba - s/he was looking for
buscando - looking for
buscar - to look for
buscarles - to look for you
buscó - s/he looked for
busco - I look for
cabeza - head
calor - heat
caminaban - they walked, were walking
caminando - walking
caminar - to walk
caminaron - they walked
caminó - s/he walked
cansada - tired
cansado - tired
cantina - a small bar/café

cara - face
caracol - snail
cenote - a sinkhole filled with water
chica - girl
chico - boy
chicos - boys; kids
cinco - five
cómo - how
comer - to eat
comiendo - eating
comiera - ate *(subjunctive)*
como - like; as
con - with
cuando - when
cuenta - bill
de - of; from
decía - it said
del - of the; from the
(se) despertó - s/he woke up
(te) despiertas - you wake up
despiértate - wake up *(command)*
despiértense - wake up *(command)*
después - later; after; then
(le) dijo - s/he said (to him/her)
(les) dijo - s/he said (to them)
dónde - where
dolor - pain
donde - where
dormía - s/he was sleeping
(bien) dormido - (sound) asleep
dormir - to sleep
dormitorio(s) - bedroom(s)
(los) dos - (the) two; both
durmió - s/he slept
(se) durmió - s/he fell asleep
e - and
el - the
ella - she
ellos - they
emoción - excitement
en - in; on
era - s/he was
eras - you were
eran - they were
eres - you are
es - s/he is
esa - that *(fem.)*
escuchando - listening
escuchar - to listen
escuchó - s/he listened
ese - that *(masc.)*
esos - those *(pl. masc.)*
está - s/he is
están - they are
estás - you are
esta - this *(fem.)*

estaba - I, s/he was
estabas - you were
estaban - they were
estamos - we are
estar - to be
estas - these
este - this
esté - s/he is *(subjunctive)*
estén - they are *(subjunctive)*
estés - you are *(subjunctive)*
estoy - I am
estuvieron - they were
estuvo - s/he was
(por) fin - end (finally)
fue - s/he was; s/he went
fueron - they were; they went
fuiste - you went; you were
gracias - thanks
gran - great
grande - big
gritaba- s/he yelled, was yelling
gritaban - they yelled, were yelling
gritaron - they yelled
gritando - yelling
gritó - s/he yelled
(me) gusta - it is pleasing (to me)
(le) gustaba - it was pleasing (to him/her)
(le) gustaban - they were pleasing (to him/her)
gustar - to be pleasing
gustaron - they were pleasing
gustó - it was pleasing
haber visto - having watched, seen
había - there was, were
había subido - s/he had gone up
había visitado - s/he had visited
habían participado - they had participated
habían pintado - they had painted
habitación - (hotel) room
hablaba - s/he talked, was talking
hablaban - they talked, were talking
hablando - talking
hablar - to talk
(no) hablen - (don't) talk *(command)*
habló - s/he talked
hacemos - we make; we do
hacer - to make; to do

hacerlas - to make them
hacia - toward
hacían - they made, were making; they did, were doing
(tengo) hambre - (I have) hunger; I am hungry
hay - there is; there are
hermana - sister
hermanos - siblings; brothers
hicieron - they made; they did
hijo - son
hizo - s/he made, did
hombre - man
hombres - men
iba - s/he was going
iban - they were going
importa - it matters, it is important
ir - to go
él - he
la - the; her
las - the; them *(fem. pl.)*
le - (to) him/her
les - (to) you (pl.); (to) them
letrero - sign
llama - s/he calls
(se) llama - s/he calls him/herself; his/her name is
(se) llamaba - s/he called him/herself; his/her name was
(se) llamaban - they called themselves; their name was
llamar - to call
(te) llamas - you call (yourself); your name is
llamó - s/he called
llega - s/he, it arrives
llegamos - we arrive
llegaron - they arrived
llegó - s/he, it arrived
lleno(s) - full
lloraba - s/he cried, was crying
llorando - crying
lloraron - they cry
lloró - s/he cried
lo - it; him
los - the; them
mañana - tomorrow; morning
mala - bad
malo - bad
mano(s) - hand(s)
miedo - fear
mijo - my son *(term of endearment)*
mira - s/he looks at; s/he watches

miraba - s/he looked at, was looking at; s/he watched, was watching
miraban - they looked at, were looking at; they watched, were watching
mirando - looking at; watching
mirar - to look at; to watch
miraron - they looked at; they watched
miraste - you looked at; you watched
(no) mires - (don't) look
miro - I watch; I look at
miró - s/he looked at; s/he watched
más - more
muy - very
nada - s/he swims; nothing
nadaba - s/he swam, was swimming
nadaban - they swam, were swimming
nadar - to swim
nadaron - they swam
nadó - s/he swam
noche(s) - night(s)
nos - us; ourselves
padres - parents
para - for; in order to; to
película(s) - movie(s)
pensaba - s/he was thinking, thought
pensó - s/he thought
pero - but
pie - foot
playa - beach
pobre - poor
poco - a little (bit)
pocos - few
poner - to put, place
ponerse - to put on
ponte - put on *(command)*
por - for
porque - because
preguntó - s/he asked
(se) preguntaba - s/he asked him/herself; s/he wondered, was wondering
puerta - door
(se) puso - s/he put on
qué - what
que - that
queremos - we want
quería - s/he wanted
querían - they wanted
quiere - s/he wants
quieres - you want
quiero - I want

quiso - s/he wanted (at that moment)

(tenía) razón - s/he was right (had reason)

reglas - rules

ruido(s) - noise(s)

sí - yes

sacando fotos - taking fotos

sacarte una foto - to take a photo of you

sacó fotos - s/he took photos

salgan - leave *(pl. command)*

salieron - they left; they came out

salió - s/he left; s/he came out

salir - to leave; to come out

súbanse - get on; in *(pl. command)*

súbete - get on; in *(command)*

seguía - s/he was following

seguir - to follow

si - if

(lo) siento - sorry

(nos) sigue - s/he follows us

siguiéndolos - following them

siguieron - they followed

siguió - s/he followed

sólo - only; just

solo(s) - alone

sombrero(s) - hat(s)

somos - we are

son - they are

soy - I am

su - his; her; their *(possessive)*

su(s) - his; her; their *(pl. possessive)*

subí - I went up

subiendo - going up

subiéndose - getting in/on

subieron - they went up

(se) subieron - they got in/on

subió - s/he went up

(se) subió - s/he got in/on

subirse - to get in/on

subir - to go up

subirlo - to go up it

subirme - to get in/on (myself)

subirnos - to get in/on (ourselves)

subiste - you went up

tú - you *(informal)*

también - also

te - you *(informal)*

(no) tengas - don't have *(command)*

tengo - I have

tenía - s/he had

tenía razón - s/he was right (had reason)

tenían - they had

tiene - s/he has
tienen - they have
tienes - you have
tiraba - s/he threw, was throwing
tirando - throwing
tirar - to throw
tiraron - they threw
tiró - s/he threw
tocar - to touch
tocaran - they touched *(subjuntive)*
tocaron - they touched
tocó - s/he touched
toda - all
todas - all; everyone
todo - all
todos - all; everyone
tu(s) - your *(informal possessive)*
tuvo - s/he had (at that moment)
Uds. (ustedes) - you *(plural)*
un - a; one
una - a; one
unas - a few; some
uno - one
unos - a few; some
va - s/he goes
(se) va - s/he leaves
vamos - we go; let's go; we are going
vámonos - let's get going!; let's go!
van - they go
vas - you go
veía - s/he saw
veían - they saw
veo - I see
ver - to see
ves - you see
viera - s/he saw *(subjunctive)*
vieron - they saw
visto - seen
voy - I go
y - and
ya - now; already
ya no - no longer; anymore

Cognados

abandonado - abandoned
(me) abandonaron - you (pl.) abandoned me
abandonaron - they abandoned
actividades - activities
adecuada - adequate
admitir - to admit
adultos - adults
americanos - American
animal - animal
anuncia - s/he announces
arqueólogos - archaeoligists
arqueológica - archaeological
arrestarnos - to arrest us
atención - attention
atentamente - attentively
atrapado - trapped
autobús - bus
autoridad - authority
aventura - adventure
bebé - baby
boulevard - boulevard
bufet - buffet
(se) calmaron - they calmed down
(se) calmó - s/he calmed down
castillo - castle
causando - causing
causaron - they caused
centro - center; downtown
cerámicas - ceramics
cerámico - ceramic
chófer - driver
chino - Chinese
comentó - s/he comments
cómica(s) - funny
cómico(s) - funny
cocodrilo(s) - crocodile(s)
color - color
columnas - columns
compañía - company
completamente - completely
confusión - confusion
conmoción - commotion
consecuencias - consequences
conservar - to conserve; to preserve
contento - happy
continuaron - they continue
continuó - s/he continues
control - control
(se) controló - s/he controls (him/herself)
convencerlo - to convince him
convento - convent

convertir - to convert
correcta - s/he corrects; correct
correcto - correct *(adj.)*
criminal(es) - criminals
cultural - cultural
decidieron - they decide
decidió - s/he decides
decisión - decision
decorativas - decorative
delincuentes - delinquents
desesperado - desperate
destino - destination
directamente - directly
director - director
diseños - designs
distancia - distance
distracción - distraction
durante - during; for ___ amount of time
elefante - elephant
en - in, on
enfrente - in front
enorme(s) - enormous
entrada - entrance
entraron - they entered
entrar - to enter
entró - s/he entered
es - s/he is
escapar(se) - to escape
escaparnos - to escape (ourselves)
(se) escaparon- they escaped
escaparse - to escape (him/herself)
(se) escapó - s/he escaped
escena - scene
español - Spanish
está - s/he, it is
estaba - s/he, it was
estatua - statue
estuvo - s/he, it was
excelente(s) - excellent
exclamó - s/he exclaims
explicó - s/he explained
explicaron - they explained
explicando - explaining
explicar - to explain
exploraron - they explored
explorar - to explore
expresión - expression
exterminar - to exterminate
exterminé - I exterminated
exterminó - s/he exterminated
familia - family
familiar - familiar
famosa - famous
fantástico - fantastic
fascinación - fascination
fascinado - fascinated

Cognados

figura(s) - figure
finalmente - finally
foto(s) - photo(s)
francés - French
(en) frente - in front
furiosamente - furiously
furioso - furious
futuro - future
gorila - gorilla
graves - grave, serious
grupo - group
guía - guide
hola - hello
honor - honor
hora - hour; time
horribles - horrible
hostil - hostile; angry
idea - idea
ignoraron - they ignored
ignoró - s/he ignored
igual - equal; same
(se) imaginaba - s/he imagined, was imagining
imitó - s/he imitated
imitarlos - to imitate them
impaciente - impatient
importante - important
impresionado(s) - impressed
impresionar - to impress
incluso - including
increíbles - incredible
independientes - independent
informo - I inform
inglés - English
insectos - insects
insiste - s/he insists
instante - instant
inteligente - intelligent
intentó - s/he intended, (with intent); s/he tried
interesante(s) - interesting
interesantes - interesting
interrogatorio - interrogation; questioning
irresponsable - irresponsable
irritada(o) - irritated
jaguar - jaguar
jungla - jungle
lista - list
mamá - mom
manera - manner; way
mapa - map
mayas - Mayans
me - me
mecánico - mechanic
mencionó - s/he mentioned
mercado - market
mi(s) - my
minutos - minutes
momento - moment

motor - motor
máscara(s) - mask(s)
mucha(o) - much; a lot
muchas(os) - many
municipal - municipal (of a city)
(con total) naturalidad - naturely, matter-of-factly
necesitaba - s/he needed
necesitamos - we need
necesitan - you (pl.) need
necesitas - you need
necesito - I need
nerviosamente - nervously
nervioso - nervous
ni - neither; nor
notaron - they noted; noticed
notó - s/he noted; noticed
observando - observing
observándolos - observing them
observaron - they observed
observatorio - observatory (astronomy)
observó - s/he observed
obvio - obvious
océano - ocean
ocupado - occupied
ocurrió - it occurred
ofensa - offense
oficina - office
opción - option
opinión - opinion
organizaron - they organized
otra(o) - another, other
otros - others
papá - dad
papel - paper
paralizado - paralyzed
parque - park
parte - part
participantes - participants
pasa - s/he passes; s/he spends (time)
(¿Qué) pasa? - What's up?
pasaba - s/he, it passed; s/he spent (time)
pasan - they pass; they spend (time)
pasar - to pass; to spend (time)
pasaron - they passed, they spent time
patio - patio
perdón - pardon; forgive
(se) permite - it is permitted
permitir - to permit
(se) permitía - it was permitted
persona - person
personas - people
pintaron - they painted

Cognados

pirámide(s) - pyramid(s)
plantas - plants
pánico - panic
(el) policía - the policeman
(la) policía - the police (department)
policías - policemen
policiacas - police (adj.)
ponchos - ponchos
posible - possible
posición - position
practicar - practice
(se) preparó - s/he prepared (him/herself)
prisión - prison
probable - probable
problema(s) - problem(s)
(se) prohíbe - it is prohibited
prohibido - prohibited
radio - radio
raras - strange; odd; rare
raro - strange; odd; rare
área - area
realmente - really
reclinado - reclined
remoto - remote
reparaban - they were repairing
reparar - to repair
repararlo - to repair it
reporte - report
representante - representative
resort - resort
respetar - to respect
respondió - s/he responded
restaurante - restaurant
ridículo - ridiculous
rocas - rocks
rápidamente - quickly
ruinas - ruins
sacrificar - to sacrifice
sacrificio - sacrifice
separé - I separated
separado - separated
(se) separaron - they separated (themselves)
servicio - service
severas - severe
significantes - significant
silencio - silence
silenciosa - silent
situación - situation
situado - situated
símbolo - symbol
sándwich - sandwich
sorprendida(o) - surprised
súper - super
supervisión - supervision
teléfono - telephone
televisión - television

televisor - television set
templo - temple
terrible - terrible
tolera - s/he tolerates
tono - tone
total - total
tour(s) - tour(s)
transportación - transportation
traumatizado - traumatized
turistas - tourists
vacaciones - vacation
vegetación - vegetation
vendedores - salespeople; vendors
violación - violation
violento - violent
visita - visit *(noun)* ; s/he visits
(había) visitado - (s/he had) visited
visitar - to visit
visitó - s/he visited
voz - voice
windsurf - windsurf
zona - zone

To read this story in present tense, please turn book over and read from back cover.

Brandon Brown versus Yucatán

Cover and Chapter Art by
Robert Matsudaira

by

Kristy Placido & Carol Gaab

ISBN: 978-1-940408-00-2

TPRS Publishing, Inc., P.O. Box 11624, Chandler, AZ 85248

800-877-4738

info@tprstorytelling.com • www.tprstorytelling.com

A NOTE TO THE READER

This fictitious novel is based on fewer than 140 high-frequency words in Spanish. It contains a *manageable* amount of vocabulary and numerous cognates (words that are similar in two languages), making it an ideal first read for beginning language students.

Essential vocabulary is listed in the glossary at the back of the book. Keep in mind that many verbs are listed in the glossary more than once, as most appear throughout the book in various forms and tenses. (Ex.: I go, he goes, let's go, etc.) Vocabulary that would be considered beyond a 'novice-low' level is footnoted within the text, and their meanings given at the bottom of the page where each occurs.

The opinions and events in this story do not reflect or represent the opinions or beliefs of TPRS Publishing, Inc. This novel is intended for educational entertainment only. We hope you enjoy reading it!

Índice

Present Tense Version

To read this story in past tense, please turn the book over and read from front cover.

Capítulo 1:
Cancún

– ¡Mira el resort! –exclama Brandon–. ¡Es muy grande!

– Oooooh –le responde su hermana, Katie, emocionada–, hay muchas actividades. Mira Brandon, ¡hay windsurf!

Brandon está contento. Para Brandon, las vac- ciones son excelentes, pero las vacaciones en C cún, México ¡son increíbles! El resort PA CANCUN está situado en la playa y Brand pasar las vacaciones en la playa.

– ¡Mañana quiero ir a la playa. Quiero practicar el windsurf, nadar[1] en el océano y comer en el bufet!

La mamá de Brandon responde:

– Sí, Brandon, hay muchas actividades en el resort, pero no es posible hacerlas mañana. Mañana vamos a hacer un tour.

Brandon no quiere hacer un tour. ¡Brandon quiere participar en las actividades del resort con los otros chicos!

– ¡¿Un tour?! ¡Bla! –le responde Brandon irritado.

La familia entra en su habitación[2]. Es una habitación grande con dos dormitorios. Un dormitorio es para los padres y el otro es para Brandon y Katie. En el dormitorio de Brandon y Katie hay un televisor enorme. Brandon quiere ver televisión.

Los padres de Brandon se van a su dormitorio y Brandon va directamente al control remoto. En la te-

[1]nadar - to swim, (swimming)

[2]habitación - (hotel) room, bedroom

levisión hay muchas películas[3]. ¡Hay películas en español, francés, inglés y chino! Brandon dice:

– ¡Katie! ¡Vamos a ver 'The Avengers'!

Katie mira la guía de televisión y le responde irritada:

– ¡No, Brandon! ¡Quiero ver 'Princess Diaries'!

– ¡Voy a ver películas toda la noche! –exclama Brandon–. Vamos a ver 'The Avengers' y después[4], tu película de chicas.

La mamá de Brandon entra en el dormitorio de los chicos y les dice:

– No van a ver ni una película. Ya son las 9 de la noche y ¡ustedes necesitan dormir! Mañana vamos a hacer un tour a Chichén Itzá. ¡Vamos a irnos a las 7:00 de la mañana!

– ¡Ay, mamá! –exclama Brandon–. Queremos ver sólo una película.

[3]*películas - films, movies*

[4]*después - after*

– No quiero hablar más de películas, Brandon. Nada de películas. ¡A dormir! ¡Buenas noches! –le dice su mamá irritada y se va a su dormitorio.

Brandon mira a Katie y le dice:

– Los tours son para adultos. Son horribles. ¡Son aburridos!

Pero Katie no responde. Ya duerme.

Brandon va a la puerta[5] del dormitiorio de sus padres. Están hablando. Cinco minutos después, Brandon observa que sus padres ya no hablan. Sus padres ya están durmiendo.

[5] *puerta - door*

Brandon mira el televisor. Quiere ver películas. Brandon piensa: *«No importa si sólo miro UNA película»*. Brandon ve 'The Avengers'... 'Ironman'... 'Batman'...y 'Harry Potter'...Al final de 'Harry Potter', ve que ya son las 5:00 de la mañana. *«¡Oh no!»*, piensa Brandon. *«¡Solo hay una hora para dormir!»*. Y se duerme.

Capítulo 2:
Consecuencias

A las 6:00 de la mañana, la mamá de Brandon entra en el dormitorio. Ella dice:

– Katie…Brandon…ya son las 6:00. Despiér-tense.

Katie se despierta y le responde:

– ¡Buenos días mamá!

Brandon no se despierta y su mamá repite:

– Brandon, despiértate. Ya son las 6:00.

Brandon está bien dormido. No se despierta. Su mamá le toca el brazo[1] pero no se despierta. Le toca la cabeza pero no se despierta.

– ¡Brandon! ¡Ya! –le dice su mamá.

Finalmente su mamá grita:

– ¡Braaaaaaandooooon!

Brandon se despierta y no está contento.

– ¿Qué? –le responde Brandon, irritado.

– Vamos a hacer el tour. El autobús llega a las 7:00 –le responde su mamá, impaciente.

– Sólo 10 minutos más, mamá –responde Brandon.

– No. Vamos a comer en el restaurante y después vamos a subirnos al autobús.

– No quiero comer. No tengo hambre –

[1]brazo - arm

dice Brandon–. Estoy cansado.

–Ya. ¡Vamos, Brandon! –insiste su mamá con un tono irritado.

Brandon no está nada contento. Muy cansado, Brandon va al baño. Piensa: *«¡Ver 4 películas fue una mala decisión! Mi mamá tenía razón*[2]*. Fue una idea muy mala».*

*****

A las 7:00 de la mañana, el autobús llega y la familia se sube. Brandon está muy cansado y se duerme en el autobús. A las 9:00, el autobús llega a unas ruinas mayas. Las ruinas se llaman Ek' Balam.

Brandon no quiere bajarse del autobús, pero su mamá insiste. En Ek' Balam hay una pirámide grande. La familia sube a la pirámide. A Brandon no le gusta. Él está cansado y tiene dolor de cabeza.

– Mamaaaaaaaá. No quiero subir a la pirámide. No me gusta. Estoy cansado. Tengo dolor de cabeza –dice Brandon.

[2]*tenía razón - she was right*

Su mamá no quiere escuchar a Brandon. Mira la pirámide y está muy entusiasmada.

– Brandon, sólo necesitas agua. Vamos.

Brandon va con su mamá pero no está contento. Está súper cansado. Brandon mira a Katie. Ella no está cansada. Está subiendo a la pirámide rápidamente con su papá. Cuando Brandon finalmente llega a la pirámide Katie está en la pirámide sacando fotos.

– ¡Braaaaaaaaaaandon! –le llama Katie–. Súbete.

– Uuuuuf. –responde Brandon, frustrado.

Brandon no quiere subir a la pirámide. Está

sado y tiene un gran dolor de cabeza.

Brandon y su mamá suben a la pirámide y miran todo. El papá llama la atención de Brandon.

– ¡Braaaaaaaandon! ¡Quiero sacarte una foto!

Brandon se toca la cabeza y le responde:

– Papaaaá, no quiero una foto. Quiero bajar de la pirámide y subirme al autobús. Quiero dormir. Me duele la cabeza.

– Brandon, ¡no! Vamos a bajar en pocos minutos –le responde su papá.

Brandon no está contento. No quiere una foto, así que su papá le saca una foto a Katie frente a la figura de un jaguar. La familia escucha con fascinación al guía que está explicando que el jaguar era un símbolo muy importante para los mayas. Pero Brandon no escucha al guía. Tiene un gran dolor de cabeza. Ver películas toda la noche fue una decisión terrible.

Después de una hora, la familia se sube al autobús. Rápidamente Brandon se duerme. En pocos minutos Brandon está bien dormido.

Capítulo 3:
El hombre malo

Brandon se despierta y ve que el autobús está enfrente de un mercado que se llama Mercado San Gabriel. Todos se bajan del autobús. La mamá de Brandon está mirando todas las artesanías en el mercado. Hay mucha cerámica, ponchos, figuras de animales y mucho más. Katie está sacando fotos en el mercado, y su papá está mirando unos sombreros enormes.

– Mira, Brandon –le dice su papá–. ¿Te gusta mi sombrero?

– No, papá. Es un poco ridículo –responde Brandon.

– ¿Qué te pasa, mijo? ¿No te gusta el tour?

– Papá, es que tengo dolor de cabeza y estoy cansado. Quiero subirme al autobús. Sólo quiero dormir un poco. ¿Está bien, papá?

– Sí, mijo –responde su papá–, súbete al autobús y duérmete. Después del mercado vamos directamente a Chichén Itzá.

Cansado, Brandon va al autobús. El chofer no está en el autobús pero la puerta está abierta[1]. Brandon se sube al autobús e intenta dormir. Está a punto de dormirse cuando un hombre se

[1]*abierta - open (adj.)*

sube al autobús. El hombre está hablando por teléfono. Es obvio que el hombre no ve a Brandon. Habla con un tono hostil[2]:

«Sí. Había tres, pero uno se escapó». Brandon escucha atentamente. *«Exterminé a tres y busco al otro...Cálmese. Cuando tenga la oportunidad, voy a exterminar al otro también»*. Brandon escucha al hombre y está un poco nervioso. Se pregunta: *«¿De qué...o de quién habla el hombre?»*. Se imagina que el hombre es un criminal...igual a los criminales de las películas. Brandon piensa en las películas y en el hombre malo y realmente tiene miedo[3].

Rápidamente, el hombre se baja del autobús y Brandon se duerme. Duerme como un bebé. No escucha a los turistas subiéndose al autobús ni el motor del autobús...

*****

Cuando Brandon se despierta, el autobús no está enfrente del mercado. Los turistas no están en el autobús. Brandon está solo y camina hacia el chofer

[2]*hostil - hostile (angry, hateful)*
[3]*tiene miedo - is afraid (has fear)*

del autobús.

Brandon ve que el chofer está comiendo un sándwich. Brandon ve el sándwich y piensa: *«¡Tengo hambre!»*. Ya no está cansado y no tiene dolor de cabeza pero tiene mucha hambre.

– ¡Por fin te despiertas! –le dice el chofer.

– Sí –responde Brandon–. ¿Dónde están todos? ¿Dónde estamos?

– Estamos en Valladolid. Todo el grupo está comiendo en ese restaurante enfrente. El restaurante se llama El Mesón del Marqués. ¿Lo ves?

– Sí –responde Brandon un poco nervioso.

Brandon se baja del autobús y camina hacia el restaurante. Camina por el restaurante y busca pero no ve a su familia. Ve a muchos turistas americanos pero no ve a su familia.

Brandon entra en el baño y busca a su papá. Su papá no está en el baño así que Brandon continúa buscando a su familia en el restaurante. Está ner-

vioso. *«¿Dónde están?»*, se pregunta.

En ese momento una persona le toca el brazo a Brandon. *«¡Ay!»*, exclama Brandon lleno[4] de miedo. *«Hola»*, le responde la persona. Brandon mira a la persona y nota que es la mamá de una familia que está comiendo en el restaurante. En la familia hay una mamá, un papá y un chico.

– ¿Estás bien? –le pregunta la mamá de la familia.

– Sí, estoy bien. Sólo busco a mi familia. Es probable que ya estén en el autobús –responde Brandon–. Voy a buscarlos en el autobús.

[4] *lleno - full*

Brandon camina hacia el autobús y se sube. Otros turistas también se suben al autobús, pero la familia de Brandon no. Brandon observa a los turistas subirse al autobús y está nervioso. No ve a su familia. Continúa observando a los turistas subirse al autobús, buscando a su familia nerviosamente. Piensa en el hombre malo y se pregunta: *«¿Es el hombre un criminal violento? ¿Exterminó a tres personas? ¿Exterminó... a mi familia?»*.

Después de unos minutos, Brandon ve a la familia del restaurante y al ver a la familia, se calma un poco. Piensa: *«La mamá de esa familia es buena persona»*. Por fin, todos los turistas se suben al autobús... todos...menos la familia de Brandon.

Capítulo 4:
Un amigo para Brandon

Brandon mira por el autobús nerviosamente y se pregunta: : *«¿Dónde está mi familia? ¿Por qué no están en el autobús?»*. Ya no quiere dormir, ¡quiere ver a su familia! Ve a la familia del restaurante y se pregunta: *«¿Es buena idea explicar la situación a la mamá de la familia?»*. Brandon no quiere admitir que está separado de su familia.

Brandon necesita ir al baño. Hay un baño en el

autobús. Brandon camina al baño. Hay una persona en el baño. La puerta dice «OCUPADO». Después de unos minutos, un hombre sale del baño. ¡Es el hombre malo que Brandon escuchó hablando por teléfono!

El hombre mira a Brandon con una expresión hostil. No habla, sólo mira a Brandon atentamente. Brandon le tiene miedo al hombre y rápidamente entra en el baño para escaparse de él.

Brandon tiene miedo. No quiere salir del baño, pero escucha «toc toc» en la puerta. *«¡Ay! ¿Quién*

es?», se pregunta Brandon. *«¿Es el hombre malo?»*. Lleno de miedo, Brandon sale del baño. No ve al hombre malo, ve al chico de la familia del restaurante. El chico entra en el baño y Brandon busca al hombre malo. Brandon no lo ve y se calma un poco.

Después de dos minutos, el chico sale del baño. El chico nota que Brandon está solo y camina hacia él.

– Hola –le dice el chico a Brandon.

– Hola. ¿Qué tal? –le responde Brandon.

– Estoy aburrido –le responde el chico–. Quiero llegar a Chichén Itzá. ¡Vámonos ya!

– ¿Vamos a Chichén Itzá? –le pregunta Brandon sorprendido–. Mi familia va a Chichén Itzá también.

– ¿Dónde está tu familia?

Brandon no quiere admitir que está separado de su familia y responde con total naturalidad:

– Están en otro autobús.

Los dos chicos hablan y después de unos minutos, el autobús llega a su destino.

– Por fin llegamos –comenta Brandon.

– Sí –responde el chico–. ¡Vamos a explorar!

Brandon se baja del autobús con el chico. El chico se llama Justin y tiene 12 años también. Justin no tiene hermanos. Está aburrido con sus padres y con el tour.

– Mamá, voy a caminar con Brandon, ¿está bien?

Su mamá mira a Brandon y le responde:

– Está bien.

En ese momento, Brandon ya no está nervioso. Le gusta la idea de caminar con Justin.

– No me gusta este tour. Es aburrido. –dice Justin.

– Sí. Es aburrido –le responde Brandon.

– Vamos a convertir este tour aburrido en una aventura excelente.

– Una aventura...está bien –le responde Brandon con entusiasmo.

A Brandon le gusta la idea de una aventura. Con Justin, Brandon tiene una buena distracción de su problema. Los dos chicos están solos e independientes y se van para tener una aventura...pero el hombre malo está observando y escuchando todo...

Capítulo 5:
Chicos aventureros

Brandon y Justin caminan y miran todo. Justin mira un mapa y comenta:

– Hay un convento[1], un centro cultural y unas ruinas. ¡Aburrido!

– Todo es de color amarillo. ¡Qué raro! –comenta Brandon curioso.

El mapa de Justin explica que en el año 1993 El

[1]*convento - convent: a community or building where nuns live*

Papa Juan Pablo II visitó[2] Itzmal, y en honor de su visita, pintaron[3] todo de color amarillo. A Brandon no le impresiona. A él no le gusta el color amarillo y exclama:

– ¡Chichén Itzá es raro!

– Ja, ja, ja. No estamos en Chichén Itzá. Estamos en Itzmal. Vamos a Chichén Itzá después –dice Justin.

En ese momento, Brandon ve al hombre malo del autobús. El hombre está observando a los dos chicos. Brandon le dice a Justin:

– Mira a ese hombre. Es muy raro. Es malo. Nos está observando. No me gusta. ¡Vamos a dónde él no esté!

Los chicos caminan hacia el convento. El convento es de color amarillo como todo en Itzmal. Los chicos entran en el convento. Brandon está contento porque ya no ve al hombre malo. Entran en una parte del convento que es muy silenciosa.

[2]*El Papa Juan Pablo II visitó - Pope John Paul II visited*

[3]*pintaron - they painted*

– ¿Silencio? –dice Brandon curioso–. ¿Por qué dice «silencio»?

Justin no le responde. Sólo hace ruidos. Hace ruidos como un elefante y como un burro.

Un hombre mira a los chicos pero no les dice nada. Para Brandon, los ruidos son muy cómicos, así que Brandon decide hacer ruidos también. Hace ruidos como un gorila. El hombre mira a Brandon atentamente y le dice con voz irritada: *«¡Ssshhhhhhhh! ¡Silencio!»*. Brandon no quiere problemas, así que le dice a Justin nerviosamente:

– Shhhh...Justin...vámonos.

– Sí, el convento es muy aburrido. Quiero salir –le responde Justin.

Cuando los dos chicos salen, miran el mapa de Justin. Deciden visitar el centro cultural. Caminan un poco y llegan al centro cultural. Es de color amarillo también.

El centro cultural es interesante y los chicos lo exploran. Justin ve unas máscaras[4] decorativas. Las máscaras son muy cómicas. A Brandon le gustan. Justin camina hacia las máscaras y las toca. *«¡Son raras!»*, exclama Justin.

Brandon se sorprende cuando Justin agarra una de las máscaras. Se la pone en la cara y hace ruidos. *«¡Ponte una máscara!»*, le dice Justin entusiasmado.

Brandon no quiere ponerse la máscara en la cara. No quiere problemas. ¡El centro cultural no permite que los chicos toquen[5] las máscaras! Pero

[4]*máscara - mask. (masc-cara: 'masc' = mask; 'cara' = face)*
[5]*(que) toquen - (that) they touch*

Justin quiere convencerlo de ponerse la máscara... y Brandon quiere impresionar a Justin. Así que Brandon agarra una máscara y se la pone en la cara. Justin lo mira y le dice:

– ¡Ja, ja, ja! ¡Tu máscara es muy cómica!

Justin tiene otra idea. Ve a un grupo de chicos en un tour y le dice a Brandon:

– Mira, Brandon. ¿Ves a esos chicos? Tengo una muy buena idea.

Nervioso, Brandon le responde:

– No es buena i…

Pero Justin ignora a Brandon y camina hacia los chicos con la máscara en la cara. Justin hace un ruido terrible: *«¡Ahhhhhhh!»*.

Unos chicos gritan *«Ay ay ay»* y otros lloran de miedo. *«¿Qué pasa?»*, grita una

voz irritada.

Rápidamente, Justin y Brandon salen del centro cultural, pero cuando salen, están... cara a cara con el hombre malo.

El hombre malo no está nada contento e intenta agarrar a Brandon. ¡Brandon tiene miedo! *«¡Vámonos!»*, le grita Justin, agarrando el brazo a Brandon.

Llenos de miedo, los dos chicos se escapan del hombre malo. Van rápidamente hacia el autobús y se suben. Después de pocos minutos, el autobús sale para Chichén Itzá.

Capítulo 6:
Mala Influencia

El autobús pasa por una jungla inmensa. Brandon mira la jungla y está muy contento ya que el autobús va a ir a Chichén Itzá. Por fin, va a ver a sus padres. Le gustan las aventuras con Justin, pero ya quiere estar con su familia. Quiere ir al resort. Está un poco cansado de las aventuras.

Brandon y Justin hablan y miran un mapa de Yucatán. Ven Chichén Itzá en el mapa. En ese momento, ocurre un problema con el motor del autobús.

El chofer anuncia: *«Hay un problema con el autobús, pero voy a llamar al mecánico para repararlo»*.

Un mecánico llega para reparar el autobús y los turistas se bajan y

entran en un restaurante. Pero Justin no quiere entrar en el restaurante. *«¡Vamos a explorar!»*, le dice a Brandon y los dos se van a explorar el área.

Los chicos ven a un grupo de hombres en el patio de una cantina[1]. Están viendo[2] fútbol en la televisión. Los hombres gritan entusiasmados: *«¡Goooooooollll!»*. Justin imita a los hombres y grita:

[1] *cantina - bar or restaurant*
[2] *están viendo - they are seeing (watching)*

«¡Goooooooolllll!».

Brandon piensa que Justin es muy cómico y decide imitarlos también. Él grita: *«¡Goooooooolllll!»*. Los hombres los miran y gritan: *«¡Delincuentes! ¡Salgan!»*. Un hombre camina rápidamente hacia los chicos y ¡Brandon tiene miedo! Los dos chicos salen rápidamente y entran en la jungla para escaparse del hombre.

Caminan por la jungla unos minutos. Hay mucha vegetación y hay un letrero: **«Cenote[3] Taak Xiipal - Prohibido Nadar».** No hay ni una persona en el cenote.

[3]*cenote - a water-filled limestone sinkhole*

– Vamos a nadar –exclama Justin.

– Pero el letrero dice «¡Prohibido nadar!». No es buena i…

Justin ignora a Brandon y entra en el agua. A Justin le gusta el agua. Le grita a Brandon:

– ¡El agua está buenísima! ¡No tengas miedo! ¡Te va a gustar!

Brandon tiene calor y decide nadar… «Splash» A Brandon le gusta el agua. Los dos chicos lo pasan muy bien en el agua. Gritan y nadan. Hacen mucho ruido. Brandon está muy contento. Nadar es una buena distracción a sus problemas.

Después de nadar unos minutos, Brandon ya no está contento. ¡Tiene miedo! Tiene mucho miedo porque…¡ve un cocodrilo en el cenote! Brandon grita y aterrorizado, nada rápidamente para escaparse del cocodrilo. No quiere que el cocodrilo lo vea ni que se lo coma[4].

[4]*No quiere que el cocodrilo lo vea ni que se lo coma. - He doesn't want that the crocodile see him nor that he eat him.*

Justin lo ve y le pregunta confundido:

– Brandon, ¿Qué pasa?

– ¡Un cocodrilo! ¡Hay un cocodrilo en el agua!

Justin no ve al cocodrilo y le responde:

– Ja, ja, ja. Brandon, tú eres muy cómico.

– En serio, ¡hay un cocodrilo! –grita Brandon lleno de pánico.

El cocodrilo nada rápidamente hacia los dos chicos. Los dos miran el cocodrilo y gritan: *«¡Ay, ay,*

ustin Y Brandon nadan rapido Para evitar el Cocodrilo

ay!». Llenos de pánico, salen del agua y… están… cara a cara con el hombre malo. El hombre está furioso y les grita:

– ¡¿Qué hacen, delincuentes?! ¡Hay cocodrilos en el cenote! ¡Está prohibido nadar aquí!

Los dos chicos tienen miedo. Tienen miedo del cocodrilo, ¡pero tienen más miedo del hombre malo! *«¡Vámonos!»,* grita Justin. Llenos de miedo, se van rápidamente hacia el autobús. «¡Delincuentes!», grita el hombre con un tono hostil.

Brandon y Justin llegan al autobús y se suben rápidamente. Ven que todos los turistas ya están en el autobús. En ese momento, el hombre malo se sube y mira a Brandon. Con un tono muy hostil, le dice al chofer: *«¡Vámonos!»*. Por fin, el autobús sale para Chichén Itzá y Brandon, que tiene una gran imaginación, piensa: *«¿El hombre malo realmente quiere exterminarme? ¿Hablaba de mi familia? ¿Los exterminó?»*.

Capítulo 7:
Chichén Itzá

El autobús continúa hacia Chichén y el hombre malo continúa mirando a Brandon y Justin. Brandon está nervioso.

– ¿Por qué nos está mirando ese hombre? No me gusta –dice Brandon nervioso.

– Sí, él es muy raro –responde Justin.

Por fin, el autobús llega a Chichén Itzá. Todos los turistas se bajan del autobús y se organizan en un

grupo. *«¿Qué hacemos?»*, se pregunta Brandon impaciente. *«Quiero buscar a mi familia»*. Un hombre le habla al grupo:

– Soy su guía para el tour de Chichén Itzá.

– ¡¿Otro tour?! –exclama Brandon irritado.

– ¡Ay, no! –dice Justin.

El hombre malo mira a Brandon y a Justin, así que Brandon no habla más. Le tiene miedo a ese hombre. Es obvio que al hombre malo no le gusta Brandon. El guía continúa hablando: *«Chichén Itzá es una zona arqueológica, es una de las ruinas más importantes de los Mayas en México»*. Con un tono muy serio y con voz autoritaria, el guía explica las

reglas[1] del parque: *«Es importante seguir las reglas para conservar las ruinas: Está prohibido subir a El Castillo, caminar en la jungla y tocar las piezas arqueológicas. Hay consecuencias severas para las personas que no respeten las reglas».*

El hombre malo observa a Brandon y a Justin. Es obvio que ellos no están escuchando al guía y lo más importante, ¡no están escuchando las reglas! Irritado, el hombre malo mira a los dos chicos.

– Mira al hombre malo. Pienso que él quiere exterminarme –dice Brandon, nervioso.

– Ja ja ja. Eres muy cómico –le responde Justin–. ¡Qué aburrido! ¡Vamos a explorar las ruinas!

Justin sale del grupo para explorar las ruinas y Brandon lo sigue. Pero Brandon no sale para explorar las ruinas, sale ¡para escaparse del hombre malo!

Caminan un poco y no observan que el hombre malo está siguiéndolos. Caminan hacia la entrada del parque y pasan por muchos vendedores de artesanías.

[1]*reglas - rules*

Ven un letrero que dice: «**Bienvenidos**[2] **a Chichén Itzá. Gracias por respetar las reglas**». Entran en el parque y ven las ruinas.

–Vamos al observatorio –exclama Justin.

Justin camina hacia el observatorio y Brandon lo sigue. Ven un letrero que dice: «**El Caracol/The Snail**».

– Mira, el observatorio se llama El Caracol. ¡Vamos a subirlo! –exclama Justin.

Los dos chicos suben a El Caracol. Ven la jungla y muchas ruinas y... también ven al hombre malo. El

[2]*bienvenidos - welcome*

hombre malo está caminando hacia El Caracol. ¡El hombre malo los sigue!

– Mira, Justin –dice Brandon–. El hombre malo nos sigue. Vamos a la jungla para escaparnos de él.

Justin y Brandon bajan y caminan rápidamente hacia la jungla. ¡Quieren escaparse del hombre raro! En la jungla, ellos no ven al hombre y se calman. Exploran la jungla y ven muchas plantas interesantes. Justin ve unas rocas interesantes.

– Brandon, mira estas rocas interesantes. Tienen diseños.

– No son rocas. Son piezas de cerámica –responde Brandon.

– ¡Agarrémoslas![3] Somos arqueólogos. ¡Ja, ja, ja! –le dice Justin con voz cómica.

Los chicos agarran muchas de las piezas. Las miran y están muy impresionados. Ellos continúan por la jungla y a los pocos minutos, llegan a otra parte de Chichén Itzá. Hay más ruinas en esa parte y más turistas también. Ellos salen de la jungla con las piezas en la mano. No ven que el hombre malo está observándolos...

[3]*agarrémoslas - let's grab them; let's pick them up*

Capítulo 8:
Delincuentes

Brandon y Justin salen de la jungla y ven un templo grande. El templo se llama El Templo de los Guerreros. Hay un grupo de columnas. Son muy interesantes. Los dos chicos caminan hacia el templo.

– ¡Mira el templo! Las columnas son muy interesantes –exclama Justin fascinado–. Vamos a subirlo.

Justin camina hacia el templo y rápidamente sube. Brandon sigue a Justin, pero realmente no quiere subir al templo, ¡quiere buscar a sus padres! En la parte más alta del templo hay una estatua. La estatua es una figura de un hombre reclinado. El hombre tiene un tazón[1] en las manos.

Cuando Justin ve la estatua, dice:

– ¡Esta estatua es famosa! Se llama Chac Mool. Tiene un tazón en las manos porque ¡quiere un sacrificio! ¿Quieres poner un sacrificio en el tazón? –le pregunta Justin con voz muy cómica.

Brandon no quiere poner un sacrificio en el tazón de Chac Mool, ¡quiere buscar a sus padres! ¿Y de qué habla Justin? ¿Justin quiere sacrificar a un animal? ¡Qué raro!

– Mira, Brandon –dice Justin tirando una

[1]*tazón - bowl*

pieza hacia el tazón de Chac Mool.

La pieza no llega al tazón y Justin tira otra. Brandon mira a Justin. Brandon piensa que es mala idea tirar piezas arqueológicas a la estatua.

–Voy a bajar –le dice Brandon un poco cansado–. Voy a buscar a mis padres.

–Está bien –le responde Justin tirando otra pieza.

Los dos chicos bajan del templo y caminan hacia el centro de las ruinas. A la distancia, ven una pirámide enorme. Se llama El Castillo.

– ¡Uau! –exclama Justin–. ¡Vamos a subir a la pirámide grande!

– No, Justin –le responde Brandon un poco irritado–. Necesito buscar a mi familia.

– Vamos a subir y buscar a tus padres desde la parte más alta. ¡Es una idea excelente!

Brandon realmente no quiere subir a la pirámide. ¡Es muy alta y Brandon tiene miedo! Justin camina hacia la pirámide y sube rápidamente. Brandon decide que es una buena manera de buscar a sus padres y sigue a Justin. No ve el letrero que dice: **«Prohibido subir»**.

Los dos chicos suben a la pirámide. Justin sube rápidamente, pero Brandon no. ¡Tiene miedo!

Muchos turistas observan a los chicos subiendo a la pirámide, pero los chicos no lo notan. Conti-

núan subiendo y llegan a la parte más alta de la pirámide. Miran que los turistas abajo se ven como insectos. La pirámide es muy alta y ¡a Brandon no le gusta! ¡Tiene miedo!, pero Justin no. Justin está muy contento y grita: *«¡Yupi!»*. Grita y tira las piezas de cerámica.

– ¡Mira, Brandon! –exclama Justin emocionado y tira otra pieza.

Abajo, los turistas observan a Brandon y a Justin. Todos hablan de los *«delincuentes que subieron a la*

pirámide». Los turistas están alarmados, pero los chicos no tienen ni idea. No tienen ni idea de que están causando una gran conmoción abajo.

Brandon busca a sus padres pero no los ve. Decide bajar de la pirámide y le dice a Justin:

– No veo a mis padres. Voy a bajar.

Justin ignora a Brandon y continúa gritando y tirando las piezas. Brandon baja un poco y tiene miedo. Piensa: *«No mires abajo. No mires abajo»* y baja un poco más. Brandon mira a Justin y mira abajo y ¡Qué miedo! Baja más pero en ese momento, escucha una voz familiar:

– ¡Delincuentes! Ustedes no van a salir...sin consecuencias graves.

¡Brandon tiene mucho, mucho miedo! Está completamente paralizado por el miedo. Ya no baja más. ¡Está atrapado!

Capítulo 9

¡Arrestados!

El hombre malo le toca el brazo a Brandon y le dice:

– Agarra mi mano.

Brandon no quiere agarrar la mano del hombre. No quiere ser...¡exterminado! ¡Tiene mucho miedo! Nervioso, Brandon le agarra la mano y poco a poco bajan de El Castillo. Justin baja también y cuando llegan al pie de la pirámide, están cara a cara… con

dos policías. Un policía le agarra el brazo a Justin. El otro le agarra el brazo a Brandon y les dice:

– Vamos a la jefatura de policía[1].

– ¡¿Van a arrestarnos?! –exclama Brandon, lleno de miedo.

– Brandon, tu idea no fue buena. Subir a la pirámide no fue inteligente.

– ¡¿Mi idea?! –exclamó Brandon sorprendido–. La idea no fue la m...

– Ssshhh...–les grita un policía–. ¡Ya no hablen más!

[1]*jefatura de policia - police headquarters*

Nerviosos, Brandon y Justin caminan con los policías. Salen de Chichén y caminan hacia la jefatura de policía. Hay un letrero que dice «Policía Municipal». Brandon ve el letrero y ¡tiene mucho miedo! Piensa: *«¡Esta situación es como una escena de una película!»*.

Llegan a una oficina. Cuando entran, el hombre malo les dice a los policías:

– Estos chicos son delincuentes. Causan muchos problemas.

– No somos delincuentes. ¡Él es un criminal! ¡Exterminó a tres personas! –exclama Brandon lleno de miedo.

– Ja ja ja...¡Qué ridículo! Exterminé a tres escorpiones, no a tres personas –responde el

hombre, e irritado, sale de la oficina para buscar a los padres de los chicos.

A los pocos minutos, el hombre malo llega con los padres de Justin. *«¡Los chicos causaron muchos problemas en mi tour! Ignoraron todas las reglas. Ignoraron las reglas del centro cultural, del cenote y de la zona arqueológica. También hicieron mucho ruido en el convento, pero lo más serio...¡subieron a las pirámides mayas! ¡Mi compañía de tours no tolera a chicos delincuentes!»*

El papá de Justin lo mira y exclama:

– Mijo...¡¿subiste a las pirámides?!

Justin mira a su papá y le dice:

– ¡Todo fue idea de Brandon!

Brandon está furioso, pero no dice nada. En silencio, Justin y su familia caminan hacia la puerta...Van a abandonar a Brandon. El hombre malo mira a Brandon y le pregunta:

– ¿No vas con tu familia?

La mamá de Justin lo escucha y está sorprendida.

– Oh...–le dice ella al hombre–, él no es parte de mi familia. Sólo es un amigo.

La mamá de Justin mira a Brandon irritada y el hombre malo lo mira sorprendido. El hombre mira su lista de participantes en el tour y le pregunta a Brandon con voz autoritaria.

– ¿Cómo te llamas?

– Brandon Brown –le responde Brandon nervioso.

– No hay una familia Brown en mi lista. ¿Dónde están tus padres?

Nervioso, Brandon lo mira, pero no responde. Sólo piensa: *«¿El hombre malo es un representante de la compañía de tour? ¿No es un criminal? ¿No quiere exterminarme?»*. En ese momento, el chofer del autobús del tour entra en la oficina y le dice al hombre: *«Vamos. Necesitamos salir para el resort»*. Justin y sus padres siguen al hombre y todos salen de la oficina...todos menos Brandon.

Brandon está solo con los policías. Está abandonado y completamente solo. Uno de los policías le pregunta con voz autoritaria:

– ¿Dónde están tus padres?

Brandon, que mira muchas películas policiacas, se pregunta nervioso: *«¿Es este un interrogatorio?»*. Brandon tiene mucho miedo. No quiere un interrogatorio ni quiere ir a prisión. ¡Quiere ver a sus padres! En ese momento, una voz sale de la radio: *«Los padres del delincuente ya llegaron»*.

Cuando sus padres entran en la oficina, Brandon llora. No se controla. Llora como un bebé. Los policías les explican a sus padres que Brandon subió a El Castillo, una violación de las reglas. *«Es una ofensa muy seria»*, dice uno de los policías. Llorando, Brandon les dice:

– Sólo subí para buscarles. ¡Me abandonaron! Cuando me separé de Uds., tuve mucho miedo. Estaba traumatizado y abandonado. No tuve otra opción...¡Estaba desesperado!

La mamá de Brandon llora y responde:

– ¡Pobre[2] Brandon! Vamos al resort. Todo está bien.

[2]*pobre - poor*

Capítulo 10:

Sorpresas

La familia Brown pasa 7 días en total en el resort. Los chicos participan en las actividades del resort y están muy contentos.

Es el día de salir del resort y los padres de Brandon miran la cuenta. En la cuenta[1], el papá de Brandon ve `'Películas - $50,80'`. El papá de Brandon no está nada contento.

[1]*cuenta - bill, invoice*

Palacio Cancun

cuenta final

fecha de llegada - 10 de marzo
fecha de salida - 16 de marzo

tarifa diaria $139 x 7 = $973

4 películas - $50,80

10 marzo: Avengers - $12,70
10 marzo: Iron Man - $12,70
10 marzo: Batman - $12,70
10 marzo: Harry Potter - $12,70

Subtotal - $1023,80

impuestos 10% = $102,38

TOTAL - $1126,18

– Braaaandon –le grita su papá–, ¡¿tú miraste 4 películas la noche que llegamos al resort?! ¡Estabas cansado durante el tour porque miraste películas toda la noche!

– Perdón papá. Lo siento[2]. Mamá tenía razón, no fue buena idea. Fue irresponsable.

– Tienes razón, Brandon. Fuiste muy irres-

[2]*lo siento - I'm sorry*

ponsable –le responde su papá irritado.

La familia de Brandon se prepara para salir del resort. Después de unos minutos, el servicio de transporte llega al resort. Todos se suben al autobús y al subirse, Brandon ve que ¡la familia de Justin ya está en el bus! ¡Qué coincidencia! La mamá de Justin exclama:

– ¡Brandon! ¡Qué fantástico que estés con tu familia!

Ella mira a la mamá de Brandon y continúa:

– Perdón. Siento los problemas que causaron los chicos en el tour. Fue mala decisión permitir a Justin caminar con Brandon. Los dos causaron muchos problemas en el tour. ¡Causaron problemas por todo Yucatán! Ji, ji, ji.

– ¡¿Problemas...por todo Yucatán?! –exclama la mamá de Brandon sorprendida–. Brandon no mencionó muchos problemas. ¿Qué otros problemas?

La mamá de Justin tiene un papel en la mano. Es

un reporte del director del tour, del hombre malo. Los padres de Brandon miran el reporte y...

Yucatán Tours

Boulevard Kukulcán Km 14, Cancún 77500, México

Les informo que su familia tiene prohibido hacer tours con la compañía "Yucatán Tours" en el futuro. Su hijo Justin y su amigo Brandon no tuvieron supervisión adecuada y causaron muchos problemas:

- Hicieron ruidos de animales en el convento de Itzmal.
- Tocaron las máscaras en el centro cultural.
- Se separaron del grupo cuando reparaban el autobús.
- Nadaron en el cenote "Taak Xiipal" donde se prohíbe nadar.
- Tomaron piezas arqueológicas en la jungla en Chichén Itzá.
- No respetaron la estatua de Chac Mool.
- Subieron a la pirámide "El Castillo" en Chichén Itzá, causando una gran conmoción.

Así que no se les permite ser parte de los tours de mi compañía en el futuro.

Atentamente,

Señor Joel Plácido Díaz

Director de actividades, Yucatán Tours

...gritan furiosos: *«¡Braaaaandon!»*.

Glosario

a - to
abajo - below
abierta - open
aburrido - bored; boring
adónde - to where
agarra - s/he grabs
agarran - they grab
agarrando - grabbing
agarrar - to grab
agarrémoslas - let's grab them *(command)*
agua - water
al - to the
alta - tall; high
amarillo - yellow
amigo - friend
año - year
artesanías - handicrafts; arts and crafts
así que - so
baja - s/he goes down;
(se) baja - s/he gets out/off of (a vehicle)
bajan - they get down
(se) bajan - they get out/off of a vehicle
bajar - to go down
bajarse - to get out/off of (a vehicle)
bajen - get down *(pl. command)*
baño - bathroom
bien - well
bienvenidos - welcome
brazo - arm
buena(s) - good
buenísima - really good
bueno(s) - good
busca - s/he looks for
buscando - looking for
buscar - to look for
buscarles - to look for you
busco - I look for
cabeza - head
calor - heat
camina - s/he walks
caminan - they walk
caminando - walking
caminar - to walk
cansada - tired
cansado - tired
cantina - a small bar/café
cara - face
caracol - snail

cenote - a sinkhole filled with water
chica - girl
chico - boy
chicos - boys; kids
cinco - five
cómo - how
coma - eat *(subjunctive)*
comer - to eat
comiendo - eating
como - like; as
con - with
cuando - when
cuenta - bill
de - of; from
del - of the; from the
despierta - s/he wakes
despiertas - you wake
despiértate - wake up *(command)*
despiértense - wake up *(command)*
después - later; after; then
día(s) - day(s)
(le) dice - s/he says (to him/her)
dónde - where
dolor - pain
donde - where
(bien) dormido - (sound) asleep
dormir - to sleep
dormitorio(s) - bedroom(s)
(los) dos - (the) two; both
duerme - s/he sleeps
e - and
el - the
ella - she
ellos - they
emoción - excitement
en - in; on
era - s/he was
eras - you were
eres - you are
es - s/he is
esa - that *(fem.)*
escucha - s/he listens
escuchando - listening
escuchar - to listen
escuchó - s/he listened
ese - that *(masc.)*
esos - those *(pl. masc.)*
está - s/he is
están - they are
estás - you are
esta - this *(fem.)*
estaba - I, s/he was
estabas - you were
estamos - we are

estar - to be
estas - these
este - this
esté - s/he is *(subjunctive)*
estén - they are *(subjunctive)*
estés - you are *(subjunctive)*
estoy - I am
(por) fin - end (finally)
gracias - thanks
gran - great
grande - big
grita - s/he yells
gritan - they yell
gritando - yelling
(le) gusta - it is pleasing (to him/her)
(me) gusta - it is pleasing (to me)
gustan - they are pleasing
gustar - to be pleasing
habitación - (hotel) room
habla - s/he talks
hablaba - s/he was talking
hablan - they talk
hablando - talking
hablar - to talk
(no) hablen - (don't) talk *(command)*
hace - s/he makes; she does
hacemos - we make; we do
hacen - they make; they do
hacer - to make; to do
hacerlas - to make them
hacia - toward
(tengo) hambre - (I have) hunger; I am hungry
hay - there is; there are
hermana - sister
hermanos - siblings; brothers
hicieron - they made; they did
hijo - son
hombre - man
hombres - men
importa - it matters, it is important
ir - to go
él - he
la - the; her
las - the; them *(fem. pl.)*
le - (to) him/her
les - (to) you (pl.); (to) them
letrero - sign
llama - s/he calls
(se) llama - s/he calls him/herself; his/her name is
(se) llaman - they call (themselves; their name is
llamar - to call
(te) llamas - you call (yourself); your name is

llega - s/he, it arrives
llegamos - we arrive
llegan - they arrive
llegaron - they arrived
lleno(s) - full
llora - s/he cries
lloran - they cry
llorando - crying
lo - it; him
los - the; them
mañana - tomorrow; morning
mala - bad
malo - bad
mano(s) - hand(s)
miedo - fear
mijo - my son *(term of endearment)*
mira - s/he looks at; s/he watches
miran - they look at; they watch
mirando - looking at; watching
mirar - to watch; to look at
miraste - you watched; you looked at
mires - you watch; you look at
miro - I watch; I look at
más - more
muy - very
nada - s/he swims; nothing
nadan - they swim
nadar - to swim
nadaron - they swam
noche(s) - night(s)
nos - us; ourselves
padres - parents
para - for; in order to; to
película(s) - movie(s)
pero - but
pie - foot
piensa - s/he thinks
pintaron - they painted
playa - beach
pobre - poor
poco - a little (bit)
pocos - few
pone - s/he puts, places
poner - to put, place
ponerse - to put on
ponte - put on *(command)*
por - for
porque - because
pregunta - s/he asks
(se) pregunta - s/he asks him/herself; s/he wonders
puerta - door
qué - what
que - that
queremos - we want
quiere - s/he wants

quieren - they want
quieres - you want
quiero - I want
(tenía) razón - s/he was right (had reason)
reglas - rules
ruido(s) - noise(s)
sí - yes
saca fotos - s/he takes photos
sacando fotos - taking fotos
sacarte una foto - to take a photo of you
sale - s/he leaves; s/he comes out
salen - they leave; they come out
salgan - leave *(pl. command)*
salir - to leave; to come out
súbete - get on; in *(command)*
seguir - to follow
si - if
(lo) siento - sorry
sigue - s/he follows
siguen - they follow
siguiéndolos - following them
sólo - only; just
solo(s) - alone
sombrero(s) - hat(s)
somos - we are
son - they are
soy - I am
su - his; her; their *(possessive)*
su(s) - his; her; their *(pl. possessive)*
sube - s/he goes up
(se) sube - s/he gets in/on
suben - they go up
(se) suben - they get in/on
subí - I went up
subiendo - going up
subiéndose - getting in/on
subieron - they went up
subió - s/he went up
subirse - to get in/on
subir - to go up
subirlo - to go up it
subirme - to get in/on (myself)
subirnos - to get in/on (ourselves)
subiste - you went up
tú - you *(informal)*
también - also
te - you *(informal)*
(no) tengas - don't have *(command)*
tengo - I have
tenía razón - s/he was right (had reason)
tiene - s/he has
tienen - they have

tienes - you have
tira - s/he throws
tirando - throwing
tirar - to throw
tiraron - they threw
toca - s/he touches
tocar - to touch
tocaron - they touched
toda - all
todas - all; everyone
todo - all
todos - all; everyone
toquen - they touch *(subjunctive)*
tu(s) - your *(possessive informal)*
Uds. (ustedes) - you *(plural)*
un - a; one
una - a; one
unas - a few; some
uno - one
unos - a few; some
va - s/he goes
(se) va - s/he leaves
vamos - we go; let's go; we are going
vámonos - let's get going!; let's go!
van - they go
vas - you go
ve - s/he sees
vea - s/he sees *(subjunctive)*
ven - they see
veo - I see
ver - to see
ves - you see
voy - I go
y - and
ya - now; already
ya no - no longer; anymore

Cognados

abandonado - abandoned
abandonan - they abandon
(me) abandonaron - you (pl.) abandoned (me)
actividades - activities
adecuada - adequate
admitir - to admit
adultos - adults
americanos - American
animal - animal
anuncia - s/he announces
arqueólogos - archaeoligists
arqueológica - archaeological
arrestarnos - to arrest us
atención - attention
atentamente - attentively
atrapado - trapped
autobús - bus
autoridad - authority
aventura - adventure
bebé - baby
boulevard - boulevard
bufet - buffet
(se) calma - s/he calms down
(se) calman - they calm down
castillo - castle
causando - causing
causaron - they caused
centro - center; downtown
cerámicas - ceramics
cerámico - ceramic
chófer - driver
chino - Chinese
comenta - s/he comments
cómica(s) - funny
cómico(s) - funny
cocodrilo(s) - crocodile(s)
color - color
columnas - columns
compañía - company
completamente - completely
confusión - confusion
conmoción - commotion
consecuencias - consequences
conservar - to conserve; to preserve
contento - happy
continúa - s/he continues
continúan - they continue
control - control
(se) controla - s/he controls (him/herself)
convencerlo - to convince him
convento - convent
convertir - to convert

Cognados

correcta - s/he corrects; correct

correcto - correct *(adj.)*

criminal(es) - criminals

cultural - cultural

decide - s/he decides

deciden - they decide

decisión - decision

decorativas - decorative

delincuentes - delinquents

desesperado - desperate

destino - destination

directamente - directly

director - director

diseños - designs

distancia - distance

distracción - distraction

durante - during; for ___ amount of time

elefante - elephant

en - in, on

enfrente - in front

enorme(s) - enormous

entra - s/he enters

entrada - entrance

entran - they enter

entrar - to enter

es - s/he is

(se) escapa - s/he escapes

(se) escapan - they escape

escapar - to escape

escaparnos - to escape (ourselves)

escaparse - to escape (him/herself)

escena - scene

español - Spanish

está - s/he, it is

estatua - statue

excelente(s) - excellent

exclama - s/he exclaims

explica - s/he explains

explican - they explain

explicando - explaining

explicar - to explain

exploran - they explore

explorar - to explore

expresión - expression

exterminar - to exterminate

exterminé - I exterminated

exterminó - s/he exterminated

familia - family

familiar - familiar

famosa - famous

fantástico - fantastic

fascinación - fascination

fascinado - fascinated

figura(s) - figure

finalmente - finally

foto(s) - photo(s)

francés - French
(en) frente - in front
furiosamente - furiously
furioso - furious
futuro - future
gorila - gorilla
graves - grave, serious
grupo - group
guía - guide
hola - hello
honor - honor
hora - hour; time
horribles - horrible
hostil - hostile; angry
idea - idea
ignora - s/he ignores
ignoraron - they ignored
igual - equal; same
(se) imagina - s/he imagines
imita - s/he imitates
imitarlos - to imitate them
impaciente - impatient
importante - important
impresionado(s) - impressed
impresionar - to impress
incluso - including
increíbles - incredible
independientes - independent
informo - I inform
inglés - English
insectos - insects
insiste - s/he insists
instante - instant
inteligente - intelligent
intenta - s/he intends (with intent); s/he tries
interesante(s) - interesting
interesantes - interesting
interrogatorio - interrogation; questioning
irresponsable - irresponsable
irritada(o) - irritated
jaguar - jaguar
jungla - jungle
lista - list
mamá - mom
manera - manner; way
mapa - map
mayas - Mayans
me - me
mecánico - mechanic
mencionó - s/he mentioned
mercado - market
mi(s) - my
minutos - minutes
momento - moment
motor - motor
máscara(s) - mask(s)
mucha(o) - much; a lot
muchas(os) - many

Cognados

municipal - municipal (of a city)

(con total) naturalidad - naturely, matter-of-factly

necesita - s/he needs

necesitamos - we need

necesitan - you (pl.) need

necesitas - you need

necesito - I need

nerviosamente - nervously

nervioso - nervous

ni - neither; nor

nota - s/he notes; notices

notan - they note; notice

observa - s/he observes

observan - they observe

observando - observing

observatorio - observatory (astronomy)

observándolos - observing them

obvio - obvious

océano - ocean

ocupado - occupied

ocurre - it occurrs

ofensa - offense

oficina - office

opción - option

opinión - opinion

organizan - they organize

otra(o) - another, other

otros - others

papá - dad

papel - paper

paralizado - paralyzed

parque - park

parte - part

participantes - participants

pasa - s/he passes; s/he spends (time)

(¿Qué) pasa? - What's up?

pasan - they pass; they spend (time)

pasar - to pass; to spend (time)

patio - patio

perdón - pardon; forgive

(se) permite - it is permitted

permitir - to permit

persona - person

personas - people

pintaron - they painted

pirámide(s) - pyramid(s)

plantas - plants

pánico - panic

(el) policía - the policeman

(la) policía - the police (department)

policías - policemen

policiacas - police (adj.)

ponchos - ponchos

posible - possible
posición - position
practicar - practice
(se) prepara - s/he prepares (him/herself)
prisión - prison
probable - probable
problema(s) - problem(s)
(se) prohíbe - it is prohibited
prohibido - prohibited
radio - radio
raras - strange; odd; rare
raro - strange; odd; rare
área - area
realmente - really
reclinado - reclined
remoto - remote
reparaban - they were repairing
reparar - to repair
repararlo - to repair it
reporte - report
representante - representative
resort - resort
respetar - to respect
responde - s/he responds
restaurante - restaurant
ridículo - ridiculous
rocas - rocks
rápidamente - quickly
ruinas - ruins
sacrificar - to sacrifice
sacrificio - sacrifice
separé - I separated
separado - separated
(se) separaron - they separated (themselves)
seria - serious
seria(o) - serious
servicio - service
severas - severe
significantes - significant
silencio - silence
silenciosa - silent
situación - situation
situado - situated
símbolo - symbol
sándwich - sandwich
sorprendida(o) - surprised
súper - super
supervisión - supervision
teléfono - telephone
televisión - television
televisor - television set
templo - temple
terrible - terrible
tolera - s/he tolerates
tono - tone
total - total
tour(s) - tour(s)

Cognados

transportación - transportation
traumatizado - traumatized
turistas - tourists
vacaciones - vacation
vegetación - vegetation
vendedores - salespeople; vendors
violación - violation
violento - violent
visita - visit *(noun)* ; s/he visits
visitar - to visit
visitó - s/he visited
voz - voice
windsurf - windsurf
zona - zone

To read this story in past tense, please turn book over and read from front cover.